Catarsis

Moisés Galindo

Catarsis

© Moisés Galindo, 2019

© Fotografía de cubierta: W Pérez Cino, 2019

© Bokeh, 2019

Leiden, NEDERLAND
www.bokehpress.com

ISBN 978-94-93156-06-7

A Josefina y Francisco Galindo.
A mis amigos poetas.

catarsis. 1. Entre los antiguos griegos, purificación ritual de personas o cosas afectadas de alguna impureza. 2. Efecto purificador y liberador que causa la tragedia en los espectadores suscitando la compasión, el horror y otras emociones. 3. Purificación, liberación o transformación interior suscitadas por una experiencia vital profunda. 4. *Biol.* Expulsión espontánea o provocada de substancias nocivas al organismo.

RAE, *Diccionario de la lengua española*

Martes, 19 de abril de 2011

Algún día tenía que empezar. Aprovechar los recursos de esta modélica institución y tirar de la manta. Hay otros que estudian, dibujan, conceden entrevistas o se casan. Yo escribo. Dos horas, dos días a la semana en este Fujitsu Siemens que una ONG ofrece a los internos con miras a su reinserción futura. Naturalmente hubo que pedir permiso, hacer la solicitud para tenerlo. Ningún problema dada la repercusión del caso. Quizás esperan una confesión al uso con todo lujo de detalles: el móvil, la finalidad, las idas y venidas por esas zonas oscuras donde se fragua la tragedia. Sabiendo, clasificándome, es más sencillo; no tiene ese aire de irrealidad que, a veces, la vida nos depara. Tampoco espero defraudarlos. Ya no espero nada. Tan solo hacer bien mi trabajo.

A veces pienso que es como si desde la eternidad, secretamente, todo estuviese decidido para que lo ejecutara, pusiese boca arriba las cartas del dolor en esta partida sin sentido. No quiero compasión ni justificaciones. Lo hecho, hecho está y basta. No se trata de arrepentirse o juzgar, penetrar en la herida como quien se adentra en un mar tenebroso. No encontrarán nada salvo los libros, los años de dedicación a unos textos que son más importantes que yo mismo. Tampoco Norma, mi mujer, lo entiende. Más que cualquier otra cosa, haber traspasado esa difusa línea que me aleja de lo humano y me aproxima a los monstruos la tiene destrozada. Esa banalidad que rodea al hecho y mi conducta, la frialdad con que encajo el proceso encerrado en un silencio y una opacidad sin fisuras. Desde la detención no he sabido nada de ella. Tampoco de la familia ni de la mayoría de los amigos. Entiendo que no sea fácil afrontar que has convivido durante tanto tiempo con alguien que apenas conoces. Que hace temblar los cimientos de una dilatada vida en común sin demasiados conflictos. Que pulveriza las ilusiones del porvenir *en un momento*.

JUEVES, 21 DE ABRIL DE 2011

Hoy hace un año de su muerte. Del drama en que vivo y viven los que me rodeaban. Cuando en la madrugada el silencio de este modélico pabellón es tan aséptico y frío que me despierta, dudo que sea verdad que esté encerrado y deban protegerse de mí. *Si respiro mis manos empujan, mis manos empujan.* Son las palabras que, como un mantra obstinado, retumban en mi interior. El miedo a mis propias manos, que es miedo de mí. La importancia de las manos en mis textos. ¿Un presentimiento? Como en aquel poema de *La herida profanada*:

> La verdadera isla
> es una mano que surge en la distancia
> cuando las naves perdidas en la noche
> se escoran hacia el centro
> de la última luz.

El Padre Gullón logró que me internaran preventivamente aquí. Cada dos o tres meses, cuando su agenda lo permite, viene a verme. Entonces charlamos, pero nunca del *tema*. Cuando está tan presente —como un latente paroxismo— se hace innecesario. Conocí al Padre Gullón trabajando de repartidor. Estaba haciendo un trabajo sobre algunos aspectos de la Teleología de la Cultura en la obra de Juan Tarrea y, para mí, era el poeta de referencia en nuestras letras. Cuando al entregarle un envío le pregunté sobre el tema a propósito de unos volúmenes que tenía en su despacho, su respuesta fue tan amable y sencilla que no le pude ocultar mi admiración por el poeta bilbaíno. Una relación que, poco a poco, se fue afianzando al encontrarnos en algún recital del Grupo de Poesía o cuando le pedíamos alguna colaboración para nuestra revista *marcAcme*. Al principio el Poeta Ben Dito no veía con buenos ojos meter a un cura en nuestra publicación, pero después de conocerlo, y sobre todo leerlo, cambió de parecer. El Padre Gullón hacía poco que había ganado un concurso de poesía que organizaban los Mercedarios, y en el primer encuentro con el grupo nos trajo una plaquette, *Subida al Monte Artxanda*, para que la leyéramos. Tanto el Poeta Ben Dito como yo quedamos muy impresionados por la valiente relectura que había hecho de San Juan con un estilo tan diferente al monocorde de las corrientes actuales. Enérgico, nos animaba repetidamente a que nos presentáramos a determinados concursos literarios –los hay otorgados mucho antes de abrir al periodo de inscripciones y a esos no hace falta presentarse, decía– para que nuestros nombres fueran *sonando*, pero nosotros le decíamos con aire de soberbia y un poco de retranca que no, que este es un país de analfabetos y majaras –según la UNESCO éramos la primera potencia en consumir telebasura y adornar con libros las estanterías, y la segunda, después de los serbios, en golpear a las mujeres– donde los títulos tienen el valor que da ser amigo de *tal* o recibir una subvención por editar al ganador del concurso que, casualmente, era conocido de *cual*. Un chantaje, le decíamos guiñándonos los ojos, al que no estábamos dispuestos a ceder, conscientes como éramos de la dificultad extrema que significa *escribir*. Traducido al lenguaje político-social, un territorio no tan diferente al de las novelas de cesantes de Galdós aunque, eso sí, un poco más sofisticado a tenor de las interminables colas de parados con sus móviles de última generación. Un país habitado por gentes sin escrúpulos, mentecatos y caraduras que han perdido la ética y el sentido común; pertenecientes, la mayoría, a una nueva forma de mafia moderna que no hace distinciones de clase social ni color político. Los folletines esperpénticos de Valle-Inclán, comparado con nuestra historia reciente, son de una corrección banal, cursi, mojigata.

Martes, 26 de abril de 2011

Ejemplo. De dominio público. El propio interesado, un conocido escritor que se hizo multimillonario en la década de los ochenta, lo explica sin pudor en sus memorias –una interesante y, a veces, pretenciosa mezcla de misticismo heterodoxo y gincana erótica. Cuenta cómo tocando las teclas adecuadas pudo salvar la mayor parte de su chalet de la zona alta de la ciudad cuando se construyeron las ya colapsadas rondas. Como diría Ricardo, mi antiguo compañero de reparto, no hay como tenerla bien grande con sus rodilleras y todo.

Ayer murió Nora. Cuando el personal de la mañana entró en su habitación ya no respiraba. El rumor ha corrido como la pólvora. No ha sido una sorpresa, aunque el ambiente es más triste de lo normal. Apenas habíamos hablado unas cuantas veces, pero me caía bien. Sentía curiosidad y ternura hacia ella. La admiraba en muchos aspectos. Sus ojos desprendían una melancolía y una soledad hiriente, consciente, acorazada. Nadie hubiera podido ayudarla. A veces, es así. Quizás por eso estaba aquí. Había que protegerla, pero también separarla. Excluirla de una forma de vida que trata de ocultar a toda costa sus zonas más oscuras; sus contradicciones e imposibilidades. Nora personificaba la fragilidad inherente a todo ser y lo cerca –en cualquier momento y circunstancia– que estamos siempre de precipitarnos al vacío. ¿Qué es una vida? ¿Quién era Nora? Desde luego no, aunque también, aquella mujer rubia de ojos claros que hablaba siempre tan suave y despacio que había que acercarse para poder escucharla; con unas manos muy hermosas en las que desentonaban ligeramente sus uñas amarillas de tanto cigarrillo. Que nunca podía estarse quieta, como si un viento helado recorriera continuamente su sangre. ¿Cómo debía ser la sangre de Nora? Roja, naturalmente. Pero también pájaros y aristas, y el espesor salado de una lágrimas que acariciaban la nada; la densidad de la nada, la ingrávida blancura de una nada reflejándose en cada objeto y cada sombra que la rodeaban. Así tenía que ser la sangre de Nora.

La última vez que charlamos me dijo casi sin venir a cuento, con esa carga de brutalidad que a veces adquiere lo imprevisto, que a los dieciséis años había abortado y, a partir de ahí, su vida se fue *complicando* en un encadenamiento de depresiones, adicciones, robos e intentos de suicidio. De ella conservo un texto que no quiso recuperar y que hizo para uno de nuestros talleres de terapia:

> Licores, chinas, peleas
> mientras mi pecho se desnuda
> sobre algún cuerpo fácil
> de recibir y de olvidar.
> Brillan sienes y convocan
> sus letargos de indisciplina
> corporal.
>   Ser nocturno
> si nunca el aire condesciende.

Nora no ingresará en el famoso y selecto Club de los 27. Pasaba de los treinta y no era mediática. Para morir, como todos antes o después, abrazada al misterio y al olvido, no lo necesitaba.

Hoy he recibido un correo del Poeta Ben Dito. Es la primera vez que me escribe desde que estoy recluido. Antes, la mayoría de las veces lo hacíamos para intercambiarnos poemas y comentarlos. A su lado he aprendido mucho sobre este oficio. Nos conocimos en la Facultad de Filosofía y Letras de la Universidad, un poco antes de acabar yo la carrera. El Poeta Ben Dito preparaba la tesis, un trabajo pionero en el ámbito de la sociolingüística que suscitó no pocos recelos en el Departamento. En ella recogía, clasificaba y analizaba las numerosas variantes de la lengua escrita que se utilizaban en los *espacios íntimos*; concretamente en los retretes y lavabos de las diferentes entidades y organismos públicos −las Fuerzas y Cuerpos de Seguridad del Estado fueron, lógicamente, los más reacios a colaborar−, incluida la propia Universidad. Previa autorización, se internaba y recluía en sus aseos copiando todo lo que consideraba interesante para el proyecto. Me ponía ejemplos de la Universidad. Cómo variaba la utilización de la forma y los contenidos en función de si lo escribían hombres o mujeres −en el de las chicas se colaba sin pedir permiso− o, mucho más interesante según él, las diferencias discursivas dependiendo de si sus autores estudiaban en una u otra Facultad. En este sentido, me decía, no es lo mismo pertenecer a la Facultad de Derecho, donde había leído cosas como *X parecía un buen profe, pero con el tiempo es igual de cabrón que la mayoría y lo que no sabemos es si es también maricón.* Que a la de Filosofía y Letras: *Soy un completo inútil, al menos sirvo de mal ejemplo*; o *Nunca no solo existe en la muerte.*

Después de doctorarse el Poeta Ben Dito hizo estudios de Teología, y si no entró en un seminario fue por incompatibili-

dad de horarios. Para encajar en un centro de esas características, me decía medio en broma medio en serio, tendría que irse
a Transilvania dada su naturaleza eminentemente nocturna.
Finalmente acabó decantándose por la enseñanza –nocturna,
claro, ahora en plena regresión– donde todavía trabaja. De
las cosas que más me interesaban de su obra era la forma de
desarrollar y acabar un poema. Nunca *escribía*. Lo hacía todo
de memoria: eliminar, añadir, cambiar… Únicamente cuando
estaba realmente acabado lo fijaba en el medio que tuviera
más a mano: una libreta, el ordenador o la pizarra. Se los sabía
todos de memoria. Era como si el poema, lentamente, creciera
en su interior hasta encontrar la forma definitiva. Algo parecido a como los seres han ido ocupando su lugar en la naturaleza. Poemas orgánicos, en movimiento; que, día tras día, van
lijándose y luchan en la memoria por mantenerse vivos. De
todos los autores que había conocido, el Poeta Ben Dito era el
que mantenía una mayor relación de intimidad con sus textos.
También los suyos eran los más bellos. Modernos salmos sin
concesiones hacia una forma de vida y una historia donde el
Hombre había dejado de tener su lugar, salvo en la quietud del
sueño o de la muerte:

> No era suficiente con la luz,
> sentir el aire como propio,
> merodear entorno de las cosas.
> Queríamos más. Hacer del fuego
> ese horizonte seguro y confortable
> ya lejos del silencio de las bestias.
> Borrar todo el aroma de la sangre
> bien erguidos: devastando la sabana.

Más partidario de Schopenhauer que de Nietzsche, le unía a
la vida esa forma de ataraxia que da la lucidez. También el pre-

sentimiento de que la Belleza acecha en todas partes. Ninguna relación sentimental —al menos que yo conozca— con hombres o mujeres, un trabajo rutinario: la noche como soberana de sus creaciones y su vida.

En la carta que me envió el Poeta Ben Dito, ninguna referencia a mi *encierro*. Me hablaba de Francesc Terán y de su viaje a Temuco. Al parecer ha ido a uno de esos cursos que el Instituto Matríztico organiza cada año. Allí Terán se aloja en casa de Mateo, un colega chileno muy loco al que conocí trabajando y que yo mismo le presenté. No hubiésemos intimado de no ser por el tic, tan poco adecuado, de ponerse la mano izquierda en la boca cuando te habla a una distancia relativamente corta. ¿Se protegía de mí? ¿Tenía que protegerme de él? Eso fue lo que le pregunté un día cuando íbamos en la furgoneta a entregar un servicio. Nada de *protegerse*, me dijo, era un tic que le había quedado de pequeño cuando sus padres lo habían tenido que cambiar de colegio después del golpe de estado. Los profesores del nuevo centro le golpeaban en la boca cada vez que algún comentario suyo les recordaba su época educativa anterior. Desde entonces, cuando por primera vez conoce a alguien, como un resorte de muy atrás, se le reproduce el tic que no cesa hasta que, inconscientemente, se tranquiliza. Al menos esa es la explicación que dio y no hay por qué dudar de ella. Mateo es uno de esos talibanes izquierdistas –el calificativo es suyo– que se han autoexiliado, y que aprovechan cualquier oportunidad de trabajo para ganar algo de dinero y continuar viajando por el mundo.

Francesc Terán, también del Grupo, es otro caso singular. Reconocido entomólogo especializado en hormigas –su doctorado lo hizo sobre una clase australiana, la *Myrmecia gulosa* u hormiga bulldog, muy agresiva y con un aguijón venenoso que, a veces, puede causar la muerte–, es también un curioso y desconocido poeta en catalán de muchísimo talento. Su especialidad son los dedicados a todos aquellos seres minúsculos que nos rodean y a los que no prestamos demasiada atención: un paramecio, una carcoma, una polilla... De sensibilidad exacerbada, lo he visto llorar de impotencia delante del frontal de su coche salpicado de mosquitos después de un largo viaje, y de alegría al observar cómo una avispa es capaz de llevarse con sus patas y su boca, volando, un trocito de tomate. Se sabía de memoria las siete últimas páginas de *Tristes trópicos* y cuando alguna vez las recitaba –sobre todo la última– todos acabábamos llorando. Convencido de la acelerada e irreversible desaparición del hombre, de la peligrosa vanidad que representa no aceptarnos como un reflejo fugaz dentro de un haz de relaciones, lo expresaba llamando la atención sobre unos seres diminutos que para la mayoría de nosotros casi no existen. Consciente de la poca diferencia –en esencia– entre un ciempiés y un alumno suyo, optó finalmente por el más débil. Al acabar el curso pasado había decidido *suspender su trabajo en la colmena* y no mirar atrás. Tenía algo ahorrado. Después de pasar por Temuco intentaría conseguir algún trabajo temporal en la ampliación de la carretera Austral a través de un ingeniero español de la empresa adjudicataria que yo conocía. En el caso de que esto fallase se plantearía viajar a Australia o al Canadá con el objeto de recolectar cerezas o manzanas. Y así, hasta que se cansara o encontrara ese *lugar* al que ya no es necesario ir o regresar. Hace dos años, Terán publicó un libro en el que recopilaba todos los poemas cuyos protagonistas eran esas pequeñas *bèsties* que tanto ama. A mí, como conocía el odio casi patológico que profeso a los mosquitos, me dedicó el siguiente:

> Al contrari de tu
> que sempre em persegueixes,
> només vull la sang. Cap
> intimitat, cap odi,

cap paraula mal dita.
I viatjar en la nit
trobant una escalfor:
posar-me suaument...

JUEVES, 5 DE MAYO DE 2011

José María Palacios. El fue el iniciador de todo. Si existe el Grupo, la revista y los recitales es, en buena medida, debido a él. Todo el haz de relaciones pasadas y futuras convergen en Palacios. Si viviera le asombraría el trabajo hecho; los autores, las obras, el público que, sin saberlo, se reúne en torno suyo. Más gestor que poeta, lo asumía con generosidad procurando que su vanidad no interfiriera en aquello que creía esencial: su capacidad para aglutinar y rescatar ciertos autores que, de lo contrario, hubieran continuado en el limbo de los *talentos* anónimos. Por estrafalario que parezca, Palacios y Ricardo, mi antiguo compañero de trabajo, se conocieron en el Aillund haciendo el Servicio Militar, un poco antes de las movilizaciones y la famosa Marcha Verde. Los dos tenían estudios superiores y los destinaron a la Policía de Frontera. En el cuartel se encargaban del control de suministros. Hablando con propiedad y como alguna vez habían recordado, el *descontrol de suministros* que sus superiores les imponían. Una doble contabilidad que revertía en cuadros de mando y sus familias con la aquiescencia, a su vez, de sus superiores, y así sucesivamente, hasta involucrar la jerarquía militar.

Palacios, a veces, recordaba con un punto de repugnancia y cariño cómo Ricardo lo había sacado de apuros en más de una ocasión. Ricardo que iba para fraile por decisión familiar y en el último curso, antes de entrar en el seminario, descubrió –él y los frailes que lo pescaron saltando el muro del centro cuando regresaba de ver a una *novia*– que no tenía vocación. Una acción que le valió –previa entrevista de sus padres con los curas– la expulsión del centro y que se hiciera voluntario en el ejército con destino a África. Ricardo que, además de tener una memoria prodigiosa y ciertos dotes para la farándula —¿Acaso yo soy el guardián de mi hermano?, repetía una y otra vez cuando algún recluta lo interpelaba—, hacía ostentación de un obsesivo afán de exhibicionismo que rozaba la obscenidad. Palacios, entre avergonzado y estoico, recordaba esa fotografía —yo la he visto— donde aparecen los dos —*tres*— vestidos de uniforme delante de la casa donde iban a buscar *chocolate*. Sonriendo a la cámara como si nunca hubieran roto un plato, sobre todo Ricardo, con su miembro de 23 cm en posición de descanso, como uno más del grupo que quiere participar de la fiesta. Sinvergonzonerías de Ricardo —yo de joven las hacía cantar, repetía fardando con malicia— que, sin embargo, se tomaba muy en serio lo que le decía el teniente de invertir en chinas, alcohol y putas lo aligerado en el rancho. O también el día en que los arrestaron por culpa del propio Palacios cuando en una imaginaria un cabo mentecato se chivó de que estaba leyendo poemas en polaco —de Palau i Fabre, para ser exactos. Arresto que, al final, quedó tan solo en advertencia y una anécdota gracias a la labia de Ricardo y la necesidad que el *descontrol* continuara sin grandes sobresaltos; pero que en Palacios hizo mella en forma de un lento pero progresivo aumento del consumo de alcohol. Que no disminuiría ya nunca. Ni cuando regresó a la civilización, ni cuando empezó a trabajar en la Universidad o publicó su primer libro. Nunca conocí a Palacios. Si sé algo de él es por Ricardo y la gente del Grupo que lo adoraban. También por ese misterioso contrato que apareció en una de las revistas que, como obsequio, me regalaron al hacerme socio del Grupo. Estaba justo en la página donde había un poema suyo, como si fuera un punto de libro premonitorio:

La obscena conmoción. El cáncer
de la intrusión permanente.
Las trincheras del cuerpo

sublevadas, devastadas
por la única provocación.
La ascensión en picado
hacia la muerte.

Se trataba del original de un seguro de vida que había contratado no mucho antes de morir y donde constaban cuotas,
beneficiarios e indemnizaciones en caso de fallecimiento. Nunca
hice el más mínimo comentario sobre el documento que miste-
riosamente encontré. Ni a su viuda, ni a los del Grupo. Como
si entre Palacios y yo existiera una especie de vínculo secreto
formado por el poema, el documento y mi silencio.

MARTES, 10 DE MAYO DE 2011

Hoy será como si me tomara el día libre. Sin rumbo. Tras el espíritu que *sopla donde quiere* o invocando esa cosa etérea, *liviana* y *sagrada*. Tiene razón Terán al aprender e interiorizar esas últimas líneas de Lévi-Strauss. *Ahí está todo* —me decía un tanto enigmáticamente. *La gente no lo sabe pero todo su pasado, su presente y su futuro se esconden en esas pocas páginas. Es como si, por un momento, las categorías de espacio y tiempo hubiesen cedido a la presión de la belleza capturando su luz. La luz que las anima en esa contradicción insuperable para el hombre. Respirar lo no permanente. Desposeerse. Combatir la inercia con los medios a tu alcance, saliendo por la tangente. Desacelerando suavemente para recobrar el contacto con las cosas: su textura, su abismo tan cercano, ese denso magma de la nada en que vivimos.*

Sí, temblor del aparecer en su callada mansedumbre, su frescura, su belleza, su misterio. Como una lúcida aceptación del vacío en toda respiración y toda sangre. Atrapada en la oscuridad vive la luz —también su noche— esperando la fuerza que la libere. Quizás la belleza sea eso: la del *mineral*, la del *lirio*, la del *gato*; la del hombre atrapado en las arenas movedizas del lenguaje.

Aunque persiste todavía el brillo en las hojas de los árboles y el canto de los pájaros hay una forma distinta de luminosidad que ya anuncia el verano. Más vertical y nítida, sin apenas interferencias, que amplifica la profundidad y transparencia de las cosas. Desde este gélido pabellón de enfermos puedo reconocer su atmósfera. La creciente densidad del aire con el paulatino aumento de la temperatura. Cómo la vida estalla en mil formas diferentes. Desde la pequeña planta que sobrevive y pugna entre adoquines a una multitud de pequeños insectos que rozan estos cristales que me conectan al mundo. Veo una fuente. Su base, su rejilla, el cuerpo, su caño, la parte superior adornada, supongo, con el escudo de la ciudad. Su apariencia maciza no la exime de un cierto aire de misterio. ¿Qué hace ahí? ¿Por qué una fuente? Como casi todo, una fuente es más que una fuente. Son los que beben, los que bebieron y beberán; pero también, los que ya no pueden beber. Es ese reguero en torno a ella que convoca animales y plantas, y que se desliza calle abajo hasta el mundo subterráneo. Una fuente es también esos versos extraordinarios de Juan, el poeta de Súria, que nunca me cansaré de citar y que escribió para cerrar uno de nuestros programas de radio:

Irse es un río, volver es la fuente.
Irse para volver es decir que tenemos
la sed suficiente.

Jueves, 12 de mayo de 2011

Ha pasado más de un año desde su muerte y, sin embargo, es como si el tiempo se hubiera detenido. Como si al fin hubiese completado ese recinto amurallado que, desde hace tiempo, tejo alrededor de mí. Realmente no hay nada interesante que contar y esto es, mucho más que los aspectos truculentos, lo que hace más punible y amoral el *caso*. No significa especialmente nada para mí. Si ampliamos perspectiva –histórica– pasa desapercibido. Si lo hacemos en relación al orden de los acontecimientos, no es mas que una muerte entre otras muchas: un animal atropellado en la carretera, un niño muriéndose de hambre, un resistente abatido en plena calle... Naturalmente están sus familiares, amigos, la gente con quien se relacionaba, que deberán acomodarse a una nueva vida. Todo pasa y esto no será una excepción.

En la ciudad hacía días que teníamos una humedad y un calor difícilmente soportables. Similar a cada verano aunque, quizás en esta ocasión, más implacable y dilatado; como si no quisiera abandonarnos y su abrazo nos fuera asfixiando lentamente. Así había amanecido. Con casi treinta grados y una acusada sensación de opresión y ahogo que parecía ralentizar todo. Creando un ritmo al que no estábamos acostumbrados y una incomodidad que se traducía en una ligera presión de cuello y sienes. Fuera, los vencejos iniciaban su ritual y vertiginosa danza alrededor de las casas, y las hojas de los árboles se extendían como una alfombra a lo largo de las calles. No hacía mucho que se habían apagado la luz de las farolas y la ciudad, lentamente, se desperezaba de sus sueños y sus sombras dando paso a un engranaje diabólico. Furgonetas de transporte en las aceras, apertura de cafeterías y kioscos, taxis camino del aeropuerto, autobuses llevando a la gente al trabajo… Como sus semáforos, la ciudad cambiaba de ritmo y empezaba a sincronizarse con una creciente población *en marcha* hacia no se sabe muy bien dónde.

No era *su* caso que, como casi todos los días, habría estado trabajando durante la noche y hasta bien entrada la mañana en algún libro –casi todo esto lo he sabido después. Quizás en el desarrollo de un personaje, el pulido o la ampliación de un fragmento que había resultado demasiado esquemático. Todo sin prisa. Como si compusiera un puzle secreto en el que faltan algunas de las piezas. Sin sospechar que ya había sido tomada una decisión que le afectaría –a él y a todos los que le conocían– definitivamente. Hoy sería el último día que bajaría a la calle para que el chucho pudiera hacer sus necesidades; o más tarde, después de hacer el reciclaje, que iría a buscar el diario o entraría en el colmado a comprar alguna cosa para el almuerzo. Me enervaba su facilidad para permanecer absorto, esa capacidad de mantenerse en la inopia como si nada fuera con él. Con Fabio –mi vecino de escalera y presidente de la comunidad– siempre recordábamos el día en que subimos a su piso y le pusimos en la mano una bombilla nueva para que cambiara la fundida del rellano. La cara y los ojos que puso como si hubiera visto un extraterrestre y no supiese muy bien qué hacer con un objeto tan extraño que, en cualquier momento, le podía morder o saltar a los ojos. Patético. Digno de un genio o un mentecato o, también, de un caradura acostumbrado a que los otros le sacasen las castañas del fuego.

¿Por qué lo hice? Después de tantos meses de encierro y soledad todavía no he encontrado una respuesta satisfactoria. En lugar de llamar a su puerta podía haber ido a la biblioteca. O solicitado un día de fiesta en el trabajo y salir a caminar desde la mañana a la tarde. No fue el caso. Tampoco parece que influyera el hecho lamentable de que algún repartidor, erróneamente, depositara en nuestro casillero domiciliario lo que no nos correspondía. En este caso, un envío que contenía un par de ejemplares de su novela *Desde el balcón* –de la que conservo aquí una treintena de páginas sueltas– que, como primicia, la editorial le adelantaba antes de llegar a las librerías y salir a la venta. Que por supuesto abrí con más curiosidad que temor a ser descubierto, máxime cuando crees que cualquier actividad, también la de tus vecinos, puede convertirse en materia literaria. Cómo explicar el sentimiento y la perplejidad que me produjo, primero, un vistazo rápido a su obra y, después, su atenta lectura. Era una mala copia, una trivial e insignificante tentativa comparado con un trabajo al que yo había dedicado años y años de mi vida. Menos todavía tuvo que ver la crítica que se publicó en uno de los periódicos con más tirada del país en que se subrayaba, *grosso modo*, tanto la claridad de exposición como la intrascendencia de la anécdota. La banalidad premiada. Esta incongruencia entre el relato individual y su esfera pública me tenía fascinado. Lo suficiente para pensar y resolver que, si Nietzsche está a mano ¿por qué perder el tiempo con Lévinas?

Desde el balcón

I.

Aquí, en este pequeño balcón del barrio antiguo de la ciudad, está el centro del mundo. Desde este mirador puedo contemplar todo o casi todo. Es cuestión de suerte y de paciencia. A veces estoy planchando o doblando ropa y, de repente, sin motivo alguno, me da por pensar en alguien; entonces, con la excusa de recoger una camisa o unos pañuelos ya secos, voy hasta la terraza hecho un manojo de nervios, consciente de que puede abrirse la puerta del misterio. Primero con los ojos cerrados, sintiendo como el sol me acaricia el cuello y la nuca. Después abriéndolos un poco, lo justo para sentir el frescor de la brisa jugando entre los párpados. Y, al final, mirando; redescubriendo una calle que conozco como la palma de mi mano. En la que nací, crecí y murieron mis padres, y en la que probablemente acabaré mis días. Una calle como tantas otras, pero tan diferente a tenor de mi experiencia. Que ha visto pasar la historia en todas sus formas imaginables, y que ya forma parte de mi piel y de la piel de la ciudad donde se ubica. Una calle donde comienza ese kilómetro cero del mundo como bien puede atestiguar mi querido amigo Ion, que es el que ahora aparece por la esquina y me saluda, antes de entrar en la barbería que hay justo un poco más adelante. Porque Jon, cada mes desde hace años, repite la misma ruta con el fin de dominar ese dichoso remolino de su pelo que le está costando toda una fortuna. Cuando lo vi por primera vez, acurrucado en el portal de casa con los zapatos prácticamente deshechos y la ropa hecha jirones, nada parecía indicar que nuestras vidas se unirían para siempre. Aquel primer día, al pasar por su lado y observarlo, me vi reflejado en él. Un hecho que me desconcertó y mantuvo en vela durante toda la noche. Antes de amanecer, sin pensarlo demasiado, calenté café y salí a su encuentro con la esperanza de que permaneciera todavía allí. Era a principios de año y el invierno había empezado con un rigor inusitado. Un aire denso y húmedo hacía que los cristales de las gafas se empañaran al ritmo de la respiración. Casi a tientas llegué al portal dudando que aún estuviera. Como un ovillo, tapado de la cabeza a los pies con su mugriento cortavientos, trataba de conservar la temperatura a toda costa. Lo toqué y se despertó: sonreía. Como si siempre hubiese confiado en la divina providencia aceptó mi presencia y el café que le ofrecía. Cuando acabó de bebérselo, después de darme las gracias, me dijo que estaba de paso. No quería molestar, ni a mí ni a los otros vecinos. Su intención era descansar un par de días más y después continuar su viaje. En un español correcto me explicó que hacía más de año y medio que había salido de Atenas y, caminando, se proponía ir hasta la Isla de Buda. Primero unos pocos ahorros, y después su ingenio y la bondad de la gente, le habían permitido llegar hasta aquí. Lo decía casi con orgullo, sin ningún atisbo de acritud que pudiera denotar cansancio o arrepentimiento. Cuando le pregunté por las razones dejó de sonreír y me devolvió la taza. Una ligera brusquedad en el gesto me dio a entender que, por hoy, había sido suficiente y era mejor dejarlo tranquilo. Mientras subía trataba de imaginar los motivos que podía haber detrás de esa determinación, y el grado extremo de soledad en que vivía desde hacía tantas semanas: todos los colores, olores, sonidos y silencios de un itinerario que, seguramente, lo habían transformado para siempre. Pero, sobre todo, el grado de confianza y la dosis de arrogancia necesaria para continuar y culminar la empresa. Ion no parecía el típico peregrino de los caminos tradicionales y eso me intrigaba. Secretamente envidiaba su audacia; esa voluntad para ponerse en marcha y seguir adelante.

2.

Desde hacía unos días la palabra intervalo resonaba de forma insistente en mi interior. Al principio en forma de una cierta irritabilidad, después con la curiosidad propia de lo desconocido. Puede que influyera la charla que había tenido con un colega de Mario aficionado a la física hacía pocos días. En ella me explicaba de forma un tanto peregrina que la luz, en siete segundos, recorría la misma distancia que nosotros a lo largo de toda nuestra vida. Siete segundos por un lado, y toda una vida por el otro —repetía asombrado—, un intervalo difícil de equiparar y asimilar, algo que si se piensa detenidamente acaba en la desesperación o en el absurdo. Valores que no dependen tanto de las cifras más o menos objetivas como de la relatividad en que nos sitúa como individuos. La vida como un abrir y cerrar de ojos, un parpadeo, un suspiro; pero también como un sueño pesado, denso, interminable. Sin duda, después de la muerte de Mario, me había atrincherado en esta segunda opción. Durante un largo periodo de tiempo, los rituales del sufrimiento, la gratuidad del dolor y el absurdo de vivir habían sido una espiral difícil de controlar y digerir. Nada dura eternamente salvo la nada, que diría Ion, aunque el peso de la casa vacía, el sentimiento de fraude, la negativa a aceptar que todas nuestras experiencias pudieran ser reducidas al final de un cuerpo, a su desaparición, son unas heridas que permanecen abiertas desde entonces. Y, sin embargo, la sangre fluye sin preguntarme. Después de un paso viene otro y otro. Aunque nada parece encajar todo pide que me involucre. Entre fantasmas y huellas la vida late al ritmo de mi respiración. Igual que esta calle. Desde este balcón puedo esbozar la estela de muchos desaparecidos. Hombres y mujeres que había conocido o no. Algunos a los que

simplemente saludaba cuando pasaban a fuerza de repetir itinerario. Me gustaría armar algunas de estas crónicas de la nada
antes de que el olvido, sutilmente, ejerza su señorío; convierta
en sombras las experiencias de tanta y tanta gente con la que, de
una u otra forma, me había relacionado. Es en relación a estos
espectros que todavía resisto al estupor o la desesperación. Que
no me dejo vencer. Como si, todavía, tuviera –tuviéramos– un
pequeño margen de movimiento en relación a la preservación
de la memoria y la belleza. Se lo decía a Ion la última vez que
vino a visitarme: lo mío es como una especie de misión rescate
sentimental con dosis de manía y terquedad. Me niego a actuar
como si no pasase nada o, mejor dicho, a que la nada me tache
sin oponer un mínimo de resistencia. Es algo muy parecido a
la sensación que tengo al ver esas pequeñas flores persistiendo
en el asfalto, el cemento o las aceras. En la imposibilidad de su
presencia es donde radica su belleza. He aquí el significado de
este mirador y este centinela que no permitirá que todo lo visto
y oído se convierta en cenizas y se evapore finalmente. Unas
palabras que Ion parece no entender del todo por la forma en
que me mira arqueando las cejas, pero que sé que comparte a
tenor de su propias experiencias.

3.

Es verídico. Yo he visto las libretas de Salva. Las hay a docenas. Todas numeradas, ordenadas y en perfecto estado de conservación. Es muy meticuloso. Las guarda en un viejo baúl metálico con marquetería de nácar que se encontró en la calle. De hecho Salva ha conseguido tener un piso muy bonito gracias al desasimiento y lo impúdico de la gente. Mesitas y sillas de caoba, mecedora, estanterías y puertas de Pino Melis trabajadas artesanalmente, suelos con baldosas hidráulicas antiguas, lámparas de cuentas, vajilla... Hasta una colcha de encaje y media docena de pañuelos bordados que son una filigrana de paciencia y *savoir faire*. Salva es auténtico, un espécimen en regresión con una sensibilidad exacerbada. Muchos lo consideran un *fou*, un paranoico al que se le ha ido la pinza. En mi opinión es un poeta que utiliza la ciencia para llamar la atención sobre el mundo en que vivimos. Salva registra en sus cuadernos cuantos cadáveres de animales encuentra en su camino. Ejemplo:

Viaje de 155 km entre BCN y EB por autopista. Antes del primer peaje, un perro; seguramente un bulldog francés. 4 gatos; tres prácticamente irreconocibles, el último, de pelo largo, en el arcén, casi llegando a destino. 2 gaviotas. 1 águila ¿la misma que, en el mismo punto y tiempo atrás, se la jugó persiguiendo a una presa? 3 gazapos. Erizos, los que más. Total: unos 20 animales muertos. Las huellas del impacto. Sus restos. Las cicatrices del asfalto: su fosilización. El absurdo de ser en un momento nada. Lo inverosímil de algunos lugares donde ocurrió. El error, la mala suerte. El final, para algunos, de un largo padecimiento. El progreso sin progreso.

Hablar de lo que hace como un mero balance o registro es no entender la poesía que encierran sus acciones, el retrato que dibuja para que nos reconozcamos. Nos conocimos de casualidad. Una tarde salí al balcón a fumar un cigarrillo y lo vi en medio de la calle, de rodillas, inclinado sobre algo, midiendo y tomando notas en un cuaderno. La escena me intrigó, y como soy un poco fisgón me calcé y bajé las escaleras para preguntarle directamente. No hizo falta. Cuando estaba casi a su altura vi el animal, un gato, inmóvil en el suelo; sus ojos miel abiertos como si aún fuese capaz de mirarlo todo, y unas gotitas de sangre sobre el hocico y la boca. Debió de notarme algo perturbado para explicarme, sin que previamente le hubiera hecho el más mínimo comentario, que desde hacía algún tiempo databa y anotaba todo lo que podía acerca de los animales muertos que se encontraba en su camino: día, hora, género, longitud, peso, color, apariencia, causas... Todo aquello que pudiese acreditar de forma mínima que esos seres habían existido antes de ingresar en el inapelable mar de la nada. Otra labor de resistencia. Como Ion. Como la mayoría de nosotros. Mediante los cuadernos Salva lucha contra el olvido creando una memoria elemental de todos esos seres. Y con ella, aunque parezca paradójico, una memoria del hombre. Según Salva, esa forma de privilegiar única y exclusivamente nuestra propia memoria es la que nos condenará al olvido en un lapso corto de tiempo, si no invertimos la tendencia. Y es lo que hace con sus libretas. Dar fe, levantar acta, atestiguar, crear un archivo de espectros y huellas tan completo y veraz como le es posible. Datos, me comentaba, con los que podía –alguna vez lo había hecho– reconstruir una imagen mucho más completa del individuo, y un itinerario bastante aproximado de su existencia. Pero no era lo esencial. Lo primordial, me decía, era inscribirlo como real aunque ahora estuviese muerto e imaginar por un momento la plenitud y la belleza de su vida. Lo afirmaba convencido –mientras lo introducía cuidadosamente en una bolsa para su posterior incineración–, sin resentimiento; como si fuese la única alternativa posible a un progreso desaforado y autodestructivo. Como si de su misión dependiera algo más que la supervivencia de unos seres sin historia.

4.

A Tina la vi por primera vez en una concentración en contra de la reducción gubernamental de la AOD. Me llamó la
atención, no solo por su indumentaria marcadamente *indie*
—diadema en la cabeza, ancho y colorido vestido, precioso
collar étnico—, sino también por la cámara de hacer fotos que
le colgaba del brazo. En un momento dado, sin dejar de gritar
las consignas, se apartó un instante del grupo para hacer unas
fotografías. Desde el balcón era imposible saber lo que había
reclamado su atención. Intrigado por la escena me acerqué al
mismo lugar sin hallar nada extraordinario. Eso fue lo que
me decidió a abordarla cuando finalizó el acto. Aunque tenía
prisa y no nos conocíamos accedió a responderme. Primero, sin
embargo, me dijo cariñosamente que tenía un poco de morro y
no entendía por qué había perdido mi tiempo observándola con
tanta atención. Le contesté algo así como que era una especie de
tic contra el aburrimiento que con los años se había convertido
en celo y obsesión: tratar de entender determinadas actitudes
y acciones al margen de lo habitual. Pareció conformarse con
la explicación, y con una peculiar voz nasal y mucha calma
empezó a relatarme el sentido de la cámara y las fotografías.
Sus palabras transmitían serenidad y confianza como si, en
realidad, solo se tratase de una anécdota en relación a lo esencial. Me dijo que todo había empezado un año antes, durante
un viaje al Japón. Al visitar Kioto y sus alrededores observó
algunos minúsculos e improvisados altares donde la naturaleza
había desafiado la acción del hombre: en medio de un paso
de peatones la raíz de un árbol sobresaliendo del asfalto, una
pequeña flor entre los adoquines de una calle, un tenue hilo de
agua donde hacía poco manaba una esplendorosa fuente. Era,

me decía, como una especie de reconocimiento a la belleza y la fuerza de la vida encarnado en su fragilidad, su imposibilidad, su inquietante persistencia. Experiencia que al regresar dio lugar a un proyecto consistente en registrar fotográficamente el mayor número posible de frágiles supervivencias —así las definía— que descubriera. De este modo nació Raiga, un minucioso trabajo documental sobre estas peculiares resistencias de la naturaleza. Me comentaba que ya había reunido más de mil fotografías, una selección de las cuales iba a exponer próximamente en una galería del centro de la ciudad. Todo por culpa de los japos y esa relación tan especial que tienen con la naturaleza. Una veneración, me decía, que está en la raíz de todo lo que ha ido creando últimamente. Tina es otra *fou*, otro ser dispuesto a parar y reinventarse; a cuestionar el sentido y los límites de su celda. Era lo que sugería sin nombrar. Lo que trasmitía esa pasión tranquila de su actitud y sus palabras. Sin estridencias ni rabia. Incidiendo con suma delicadeza en lo que consideraba primordial: legitimar determinadas presencias que normal- mente ignoramos o subestimamos. Y esto último me lo aclaraba mientras se despedía sonriendo, aceptando que, seguramente, yo también la tomaría por una alucinada. Otra pillada de la moda post-hippie aunque, eso sí, bien apalancada en el sistema que, contrariamente, era aquello que las fotografías pretendían denunciar y socavar. Y, claro está, Tina se equivocaba. Simple- mente sucedía que volvía a verme en sus ojos; en ese modo tan particular de mirar el mundo; en esa forma tan delicada de entregarse a lo otro por más insignificante que parezca.

5.

Lo de Poli sí que es para hacer una tesis —y lo digo al pie de la letra. Si no hubiese sido por los virus intestinales y el julepe creo que no lo conocería. Todos los jueves voy al bar de la Rosinda a comer arroz, y después jugamos una partida con Ion —que se añade para el café— y la misma dueña. Llevábamos meses y meses de grata ceremonia hasta que una semana Ion telefoneó diciendo que se encontraba mal y debíamos disculparlo. No es el estilo de Rosinda, siempre tan competente y respetuosa, pero ese día, sin consultarnos previamente, voceó que teníamos una baja y necesitábamos, como mínimo, una persona dispuesta a jugarse los cuartos. Y ese fue Poli. Al principio fue un poco incómodo compartir mesa con un desconocido, pero en seguida su gracejo y educación y, por qué no decirlo, su facilidad para hacer julepe me tranquilizó. Una sensación que duró hasta que Rosinda sacó el tema de la política y los medios de comunicación. Entonces fue cuando Poli comentó con toda naturalidad, como si hiciera años que nos conociera, que tenía una teoría sobre el momento actual a la que había denominado *Más allá de la pantalla*. En ella desarrollaba una reiterada y vieja intuición, y ahora según él una palpable evidencia, de que la gramática de la televisión está usurpando y dominando toda una serie de ámbitos que antes pertenecían única y exclusivamente a la esfera de lo político o lo social. Según Poli, el discurso de la tele es tan potente que, sin que nos hayamos dado cuenta, ha modificado nuestros criterios perceptivos, de tal manera que nuestras actuaciones y valoraciones, consciente o inconscientemente, las plasmamos sobre el telón de fondo de la pantalla. No hay más que ver —dice Poli— en qué se están convirtiendo los diarios y revistas, las actuaciones judiciales y legislativas o la propia vida personal, para darse cuenta que todo se está transformando en un curioso, entretenido y banal plató de televisión en que actuamos de protagonistas o invitados según convenga. Ha habido una suerte de desplazamiento tolerado en sus objetivos –y pronunciaba la palabra con una especie de retintín– y se está convirtiendo en algo así como una nueva forma de epistemología con la que experimentamos el mundo. Bajo la tiranía de la audiencia, la piedra de toque de la nueva productividad, los patrones espacio-tiempo se han visto modificados alterando la velocidad y los ritmos de nuestra vida. El *prime time*, la dictadura de la superficialidad, el cultivo de la indiscreción como consecuencia de no separar el ámbito de lo público y lo privado, o la búsqueda obsesiva e inmediata de reconocimiento son parte de este nuevo escenario en que vivimos. Es como si detrás –continuaba Poli– de muchos de nuestros actos, declaraciones o anhelos permaneciese siempre activo y en segundo plano el sistema operativo de la caja boba.

Una perorata a la que Rosinda y yo no supimos qué contestar, salvo que no era el mejor momento –al menos para los tres que estábamos sentados en la mesa– para filosofar, y que su plática lo había distraído del juego pues le habían vuelto a hacer julepe. Una afirmación a la que Poli respondió con una sonrisa y un signo de disculpa, consciente de haber dado rienda suelta a sus obsesiones; máxime cuando sus interlocutores eran casi unos desconocidos, y lo que realmente buscaban era charlar y distraerse un rato echando unas manos. A pesar de esta experiencia inicial, no fue la última vez que vimos a Poli, ni que jugamos con él a las cartas; eso sí, sin que el tema de la televisión interfiriera entre nosotros. Pasado el tiempo creo –y la Rosinda piensa lo mismo– que sus ideas no son nada disparatadas, y hasta empiezo a entender, después de darle vueltas y vueltas, lo que nos quiso explicar aquella tarde.

6.

No es que la realidad supere muchas veces a la ficción, sino que la mayoría de las veces —solo hace falta que estés un poco atento y limites los prejuicios— realidad y ficción son indisociables. Ya sé que no se lo van a creer, pero en un viaje en tren hace justo una semana ocurrieron ciertos hechos que me tienen sumamente preocupado. Durante estos días, más de una vez, he pensado en ir a la comisaría más cercana; pero tan pronto me decido, una voz interior me dice que no me meta en líos si solo se trata de suposiciones.

Me encanta viajar en tren. Poder ir a tu aire mientras te llevan sin la preocupación de que un suicida en potencia te joda el día o la vida en la carretera. A una velocidad moderada como consecuencia de las intermitentes paradas. Contemplando un paisaje en movimiento, y desde una cierta distancia y posición a la que habitualmente no estamos acostumbrados. Observando el trasiego de la gente. Las continuas idas y venidas —subidas y bajadas— de unas personas de las que no sé absolutamente nada. De unos seres acerca de cuyas vidas especulo y me interrogo. ¿Por qué están ahora aquí? ¿Habrá sido la última vez que los vea? ¿Tiene algún sentido este encuentro? Y la respuesta —si hay alguna— es que se parecen demasiado a mí. Que dicen y hacen lo mismo que yo y que, posiblemente, sea también la última vez que me vean. Es como un juego de espejos donde la sensación de balanceo y la distracción contemplativa me permiten ver en panorámica. Y oír. Es muy importante tener los radares alerta para explorar la naturaleza humana. Como ese par de chinos que acaban de subirse a medio trayecto y se colocan en los asientos contiguos que hay justo de espaldas a mí. De los que solo he podido percibir su relativa juventud, un cierto estilo sport en su indumentaria y unas llamativas pulseras en las muñecas. Que han empezado a hablar bajo, como murmurando, y con el paso del tiempo van subiendo de tono hasta que reconozco una música familiar en la forma que, sobre todo uno de ellos, se expresa y se dirige al otro. Es el que lleva la voz cantante, el que se ríe y gesticula de un modo diferente a lo que estamos acostumbrados en relación a los miembros de esta comunidad. Como si el efecto de sus estridencias en los demás viajeros no le importaran lo más mínimo, seguro como está de la opacidad de un idioma ininteligible para el resto. Incluso ha habido un momento que he pensado que había bebido más de la cuenta, y esa forma peculiar de pronunciar las palabras y gestionar las pausas se debía a los efectos del alcohol. Que ya no podía controlar. Como esa forma un poco teatral de incorporarse y volverse a sentar al hilo de su charla, tal vez ilustrando a su compañero sobre el contenido de esta.

Así todo el tiempo, hasta que en un momento determinado, en silencio esta vez y de espaldas a mí, se ha levantado y ha ido a mirar el mapa de las paradas. Y todo hubiera quedado en una simple anécdota si al regresar a su asiento no hubiera oído ese sonido metálico contra el suelo deslizándose por debajo en dirección a mí. Un objeto que al principio tomé por un móvil hasta que al agacharme percibí, brillante y cromada, la silueta tan característica de otra cosa. Que no me dio tiempo a comprobar pues el sujeto, sin mirarme y desde el otro lado, lo recuperó rápidamente. Tan deprisa como el tren llegó a la primera parada de la ciudad y los dos hombres descendieron perdiéndose en una de sus calles. Casualidades o no de unos hechos que al día siguiente cobraron una nueva realidad al encontrar en la página digital de un diario la información sobre un ajuste de cuentas entre bandas organizadas ocurrido en la ciudad la misma noche anterior. Claro está que puede tratarse tan solo de una casualidad, pero el olfato me dice que los sujetos del tren en cuestión están implicados en lo sucedido como víctimas o victimarios. El caso es que desde hace algún tiempo ando dudando si ir o no a la policía y explicarles mi historia, aun a riesgo que se la tomen a pitorreo, eso sí, con mucha profesionalidad y seriedad, como corresponde a su trabajo.

7.

Mi intención hoy era explicar lo del dentista Schutte, pero se ha producido un hecho en forma de noticia que me tiene obsesionado. Como dice Meri, mi gurú, que tanto me ayudó cuando Mario se nos fue, en momentos así dan ganas de retirarse a una isla desierta y borrarla del mapa. Es como si no pudiésemos bajar la guardia ni tener la fiesta en paz. No importa que amanezca dulcemente y todo vaya ocupando su lugar en la ciudad, el barrio o la calle. El sol lentamente va iluminando la estancia. Después de desayunar te apetece saber cómo va el mundo, y para ello coges el portátil y sales al balcón donde hace una temperatura más que agradable. Que si la corrupción, el descrédito de la clase política, la precaria salud de algún dirigente, la escalada de tensión entre países… Más de lo mismo. El colapso también del periodismo, la ausencia de una verdadera élite intelectual que ha sido sustituida por el discurso *light* del tertuliano. Y, entre tanta mugre, el titular poco prometedor del «Aumento espectacular del sacrificio de caballos». Enseguida vuelvo a pensar en Meri; en cerrar el archivo y el portátil, alejándome, recluyéndome de nuevo. Y casi lo consigo con la ayuda de esa ligera brisa del mar que se desliza entre la buganvilla y los geranios, y me acaricia la frente. Pero en una décima de segundo, como poseído por una curiosidad aciaga, decido continuar adelante y leer el artículo. No entraré en los pormenores de cifras y causas —la mayoría previsibles— de un trabajo diferente y bien documentado, pero sí en uno de los ejemplos que el periodista narraba en relación a la irresponsabilidad, negligencia, desatención y abandono de la cabaña. En concreto uno en el cual explicaba el estado en que una entidad ecologista encontró un grupo de caballos abandonados a su suerte en un recinto cerrado. Todos muertos, en descomposición, menos uno, que estaba al borde de la muerte y con la boca destrozada al haberse comido parte de una pared.

Más de una vez me ha advertido Meri que padezco una especie de obcecación insana y muy occidental consistente en forzar el estado de las cosas –no dejarlas tal y como están–, y que eso me crea infelicidad y frustración. Tiene razón. En realidad, lo que me obsesiona y atormenta es la interrogación: ¿por qué? Soy incapaz de asumir y entender la pregunta sobre el mal. Como tantos y tantos horrores que me exceden –el caballo y la pared también– siento el grito de impotencia, la culpa que excede el límite de la nada, cayendo indefinidamente y sin reposo. En el centro acorazado del dolor no hay consuelo posible. La sangre es ya tan densa que me asfixia. Todo ha desaparecido y todo me abandona. Ya no soy un hombre, parece susurrarme algo parecido a la conciencia. Y aunque me esfuerzo en alejar estas ideas de mi mente dejándome llevar por la corriente del pensamiento, continúo respirando el mal que me incrimina, pues soy culpable por el solo hecho de haber sucedido. Durante los miles y miles de años de vida sobre la tierra, en el encadenamiento de causas y efectos que llevan hasta esta página, tiene que haber algún eslabón perdido o roto, algún indicio concreto de aquello que no se debiera jamás haber permitido. Intuyo que esa es la cuestión ahora y siempre.

8.

Según mi padre, el dentista Schutte se instaló en el barrio a finales de 1944. Donde se encontraba el consultorio hay ahora una carnicería árabe donde, de vez en cuando, voy a comprar cordero, pollo y las especias para el cuscús. También tenía otra oficina en Caldes de Malavella, donde, una vez por semana, pasaba consulta y aprovechaba para comer y beber con sus amigos alemanes. A nuestra familia la salvó de la miseria al darle trabajo a mi padre como mozo, después de que el ejército vencedor fusilara a su padre, mi abuelo. Lo mismo ayudaba en la cocina que iba a correos o abría la puerta cuando llegaba una visita. El doctor Schutte era alto, recio y muy educado; con un buen dominio de la lengua del país que, dado su carácter enérgico, transformaba en una áspera y cortante herramienta de comunicación. Lo que más desconcertaba y llamaba la atención de mi padre cuando se dirigía a él para decirle o pedirle algo era esa media sonrisa que reiteradamente mostraba antes de volverse a marchar. ¿Escondían algo sus palabras? Lo cierto es que fue él y no otro quien contrató a mi padre después de que, una tras otra, las puertas se cerraran por el único hecho de llevar unos determinados apellidos. Y aunque al principio hubo quien presionó para que revocase su compromiso, muy pronto, de forma fulminante y misteriosa, le dejaron y nos dejaron en paz. ¿Tenía que ver algo su sonrisa con esto? ¿Qué tipo de autoridad podía tener un simple dentista? ¿Por qué se empeñó en darle trabajo, y no en prescindir de él, si era la opción más fácil? Mi padre también se lo preguntaba pero nunca encontró una respuesta convincente. Tan solo suposiciones. El doctor era más bien misántropo y acostumbraba a rehuir la vida social. Alguna vez, de forma excepcional, el concejal de distrito había venido a la consulta y se había reunido largamente con él. Eran llamativos la deferencia y el exquisito trato que todos le dispensaban. Como un episodio insólito recordaba el día en que el recadero le entregó una carta en propia mano y, acto seguido, ordenó cerrar la consulta —una semana— y que un taxi lo llevase inmediatamente a la estación de tren. Durante todos los años que trabajó para el dentista no observó el más mínimo indicio de ligereza o imprudencia. Le gustaba la rutina. Comer y pasear a sus horas, oír por la noche la radio y, una vez por semana, visitar al médico Vila que tenía un buen aparato para escuchar música. Mi padre no recuerda que le hiciera preguntas personales, ni que le diera consejo alguno o mantuviera con él algo parecido a una conversación privada. Nada que pudiera dar a entender que existía una relación más allá del puro contrato económico.

Schutte tenía un gato callejero, Pinocho, y un precioso dóberman con pedigrí, Byron, a los que adoraba y de los que mi padre también se ocupaba con más responsabilidad que placer. Un día que estaba ayudando a la asistenta en la cocina, Pinocho les robó una salchicha de la sartén. Como castigo, mi padre le dio con la tapadera en la cabeza con tan mala suerte que, asustado por el impacto del golpe y su sonido metálico, saltó como un poseso por la ventana y estuvo cinco días sin aparecer por casa. El sentido del humor del doctor, y rara vez lo practicaba, era del todo peculiar. Para tales fines utilizaba al bello y temido Byron, y a mi padre como pantalla. Así, dependiendo de quién era el paciente que tenía concertada la visita, discretamente, llamaba a mi padre al despacho para prevenirlo de que debían hacerle un buen recibimiento. Y nada mejor para ello que dejar a Byron detrás de la puerta y a mi padre, que lo sujetaba, escondido. Al abrir, la primera visión que tenía el recién llegado era la de una figura oscura, estilizada y compacta; el morro y las orejas de punta, y unos colmillos blancos que hacían las delicias del dentista y sembraba de terror a un más que sorprendido cliente que, automáticamente, emitía un grito que podía escucharse con toda claridad desde la otra punta de la calle. El doctor Schutte fue siempre, según mi padre, un hombre misterioso y excéntrico. Con él trabajó hasta su jubilación. Luego, al parecer, se instaló definitivamente en Caldes de Malavella donde, dicen, residía un buen número de alemanes que habían llegado un poco antes de acabar y perder la guerra.

9.

Hacía tiempo que no veía pasar a Luichi. Con su padre, que era acomodador del cine Florida, habíamos hablado mucho de pelis y siempre que íbamos con Mario nos buscaba los mejores sitios. De todo eso hace muchos años. El cine ha desaparecido, el padre de Luichi ya está muerto, y él hace un par de años que salió de la cárcel y, desde entonces, le había perdido la pista. Hasta ahora. Ya no va por la calle con una jaula tapada como entonces. Las malas lenguas dicen que dentro, aparte del pájaro que servía de tapadera, había droga que después vendía en su casa o en los bares donde se celebraban los concursos de canto. Pero todo son habladurías. La poli jamás lo detuvo en este sentido. Lo cierto es que Luichi tenía un jilguero precioso con el que ganó más de un trofeo, y cuya jaula había tuneado con los colores de la bandera del país dando la sensación, cuando la destapaba, de estar vacía de tanto que se camuflaba el pájaro. Casi sin dientes, la cara rosácea y abotargada por los tranquilizantes, caminaba casi arrastrando los pies, de un lado a otro con la jaula siempre en la mano, dando la impresión de una figura un tanto excéntrica y fantasmal. Como muchos individuos de su generación malogrados por el caballo, la mayoría de los que sobrevivieron jamás volvieron a dar un palo al agua, malviviendo casi siempre gracias a los subsidios del estado. Por lo que cuentan, después de salir de la cárcel le dio, primero, por los avistamientos de ovnis, y después por una rara creencia sincrética que le llevó a convertir su piso —heredado de sus padres— en una especie de barroco santuario totalmente repleto de imágenes y objetos relacionados con su fe. Recursos todos ellos con los que resistir a la desolación y apaciguar una desesperación que de otra manera ya habría acabado con su vida. La última vez que nos vimos antes de ir a la cárcel fue en el bar de la Rosinda. Nos pidió algo de dinero a Mario y a mí para comprarse un bocadillo. Naturalmente se lo dimos, aunque también sabíamos que se lo gastaría en pastillas como de costumbre. Y así debía transcurrir su vida hasta que un día de mono le dio por asaltar una farmacia con una vieja escopeta de balines, herencia de su padre, y en el rifirrafe le vació un ojo al farmacéutico que estaba de guardia. A las pocas horas la policía lo detuvo delante del antro donde se proveía en el mercado negro. El Luichi estuvo seis meses en el trullo. Allí empezó a leer y documentarse sobre objetos voladores no identificados. Cuando salió era todo un especialista. El otro día me lo encontré en la cola del banco donde a finales de mes va a retirar el dinero de la pensión, y me explicó que ahora llevaba un diario con todas las cosas anómalas que observaba en el cielo desde su balcón. Por la noche, cuando quiero refrescarme las ideas y oír los pasos de la gente arriba y abajo, yo también salgo al balcón y, si en ese momento está fumando un pitillo, puedo ver su contorno a lo lejos e imaginar la callada desesperación de su mirada, la esperanza que encierran todas y cada una de las anotaciones de su libreta.

En el número 2 de Mistral, aquí enfrente, vive Melanie Betancourt, una anciana de ochenta y cinco años que ya prácticamente no puede salir de casa. Todos los días hábiles, una persona pagada por la administración viene a ayudarla: limpiar, comprar, acompañarla si tiene que ir al médico o al banco. Algunas veces, cuando se siente tan sola que ni las telenovelas la consuelan, me llama por teléfono y voy a su casa. Entonces hablamos. Sobre todo del día a día. De lo caro que está todo, del tiempo, de lo bien que se portan con ella algunos vecinos, de lo atenta y profesional que es Marian, la chica que le ayuda siempre a levantarse, vestirse y arreglarse. Melanie sabe, y por eso me llama, que nunca le sacaré el tema de su *hijo*, de ese desgraciado accidente a consecuencia del cual el párkinson se le ha disparado. Cuando la ves en el umbral de una puerta temblando y sin poder iniciar el paso, imposibilitada para llevar algo en la mano y el cansancio acumulado en sus ojos, te preguntas por qué no puede acabar todo dulcemente durante la noche. Y sin embargo, a pesar de un episodio que la ha desestabilizado para siempre, Melanie continúa luchando aferrándose a sus recuerdos. Su futuro, de forma paradójica, es el pasado y al revés.

El día del accidente, cuando la policía vino a mi casa con una fotografía de su hija preguntándome si la conocía, tuve que decir que no. Pero me extrañó. Aunque Melanie apenas hablaba de ello, siempre me había parecido que se refería en términos masculinos. Quizás también tenía una hija, y no solamente un hijo como todos creíamos. Sabía, porque me lo comentó por esas fechas al encontrarnos en la panadería, que esperaba la visita de un familiar el 14 de julio, fiesta nacional francesa; pero sin concretar demasiado ni darlo por seguro. Como cada año desde hacía muchos, algunos residentes franceses que se conocían quedaban para cenar y hablar de los viejos tiempos. Entre ellos Melanie. Ese año no le correspondía organizarla, tan solo ocuparse de los postres, un tiramisú casero que durante mucho tiempo ha hecho las delicias de sus colegas.

Como siempre, después de cenar, brindar con champagne y tirar unos petardos, organizaban un pequeño sorteo cuyo premio, este año, consistía en una paletilla de jamón ibérico. Hacía cinco años que Melanie no ganaba. Después de jalear su suerte y despedirse de todos con el jamón en la mano, caminó hasta una pequeña imagen de la Virgen del Carmen que hay en el cruce de una calle paralela a la nuestra. Allí permaneció unos minutos rezando. De vuelta a casa vio como una furgoneta del servicio de limpieza cargaba las bolsas de basura que la gente había dejado al lado de la puerta de entrada de los edificios, incluido el suyo. Subir hasta el cuarto cargada con la extremidad del marrano –un sexto, si contamos entresuelo y principal, sin ascensor– era todo un desafío para ella. Llegó sin resuello ante su casa y, como queriendo descansar, apoyó la cabeza contra la puerta. Fue entonces cuando le pareció que el piso estaba iluminado. Posiblemente con las prisas había dejado alguna luz sin apagar. Para no importunar a los vecinos, como siempre que llegaba a deshoras, abrió con mucho cuidado la puerta y entró en casa. Era en su habitación donde la luz estaba encendida. Colgó el bolso en la percha del recibidor y después se dirigió a la cocina para dejar la paletilla, cuyo peso ya le estaba provocando fuertes dolores de espalda. Pero antes de llegar, con estupefacción, percibió como si penetrara en su habitación una figura irreconocible. Sin pensarlo, sin notar el peso del jamón en la mano, se acercó y entró. De espaldas a la puerta, una mujer rubia con cascos en los oídos se contoneaba como si estuviera bailando. En una mano sostenía un puñado de fotografías, y en la otra un nomeolvides extraído de la caja donde Melanie guardaba las joyas. Al parecer todo ocurrió en un instante. La mujer rubia se dio la vuelta y al ver a Melanie, como si la conociera, fue corriendo hacia ella alargando los brazos y queriendo abrazarla. No llegó a hacerlo. Antes de alcanzarla, presa de la confusión y el pánico, Melanie le golpeó la cabeza con la paletilla; con tan mala fortuna que, al caer de espaldas contra el mueble del tocador, se desnucó. Los gritos de Melanie alertaron a los vecinos que, inmediatamente, avisaron a la policía y la ambulancia. Cuando esta última llegó ya no había nada que hacer. Solo después de que interviniera la policía y registrase la documentación del cadáver pareció aclararse algo la situación. El nombre de la difunta era Françoise Betancourt, hija de Melanie Betancourt; en los cinco años que hacía que residía en el extranjero, había pasado de transexual a operarse y cambiarse de sexo sin decir una palabra a su madre. Cinco años sin dar señales de vida, y cuando su crucero, de paso en la ciudad, atraca durante unas horas, en un ataque de nostalgia, decide obsequiarle con una visita como si fuera un monumento más. Depende de cómo lo miremos, no es tan ilógico lo que pasó. En todo caso, la señora Melanie esperaba un François; François Betancourt, que era el nombre que ella, a falta de un padre oficial, le había puesto a su hijo al nacer. Y no una Françoise, su hija. Pero está visto que la vida es una caja de sorpresas; algunas, como en el caso de la señora Melanie, con cierta dosis de ironía, paradoja y dramatismo.

II.

Este fin de semana he ido a caminar con Ion. Muchas veces
ha afirmado que, después de la Isla de Buda, la panorámica que
más le había impactado es la que se tiene desde la restaurada
iglesia de Santa Helena, en la sierra de Saverdera. Allí hay un
pequeño banco de piedra donde se puede contemplar el monasterio de Sant Pere de Rodes, y las poblaciones de Port de la
Selva y Llançà con el mar de fondo. La fragancia de los pinos,
el frescor de la brisa y el canto de los pájaros, me confesaba, sua-
vizan la sensación pétrea de un paisaje elemental severamente
humanizado. Al fondo de la pequeña carretera, protegido por
la sierra, aparece la imponente imagen del monasterio con sus
dos famosas torres. Suspendido en las alturas, como anclado
en el tiempo, se desvanece o emerge al compás del paso de
las nubes. Centro de peregrinaje antiguo y moderno, todavía
se puede sentir su quieto magnetismo, su extrema situación
privilegiada. Junto al ayuntamiento de Palau-saverdera deja-
mos el coche y empezamos a caminar hacia la ermita de Sant
Onofre. Un sendero pedregoso pero lleno de encanto en el
cual es posible ver algún dolmen o, en sus márgenes, recolectar
espárragos cuando llega la temporada. Desde el camino, la
blanca imagen del santuario sobresale y destaca del conjunto
de la montaña. Rodeada de castaños, próxima a una fuente y
un reguero que hay que atravesar en varias ocasiones, la anti-
gua ermita de peregrinaje es un mirador incomparable de la
plana ampurdanesa. Olivos, pinos, alcornoques y un castañar
improbable que hizo bajar de golpe la temperatura, nos fueron
acompañando en la subida. Para poder retratarla tuvimos que
acercarnos. Desde la óptica de la cámara la ermita se solapaba
con la montaña. Una vez en el mirador, con el Golfo como

telón de fondo, Ion, que había estado bastante callado durante todo el trayecto, dejó caer la bomba. Sereno, con una sombra de tristeza en sus ojos, me anunció que en una revisión médica reciente, el cáncer del que ya había sido operado tres años antes había vuelto a reproducirse y las perspectivas de supervivencia no eran favorables. Un eufemismo que utilizó para no entrar en pormenores. Según el médico que lo trataba, como máximo un año y medio de vida, o solo algunos meses si no reanudaba cuanto antes las terapias de choque. Lo que más le sobrecogió cuando se lo comunicaron, aparte de lo injusto de la situación, fue lo preciso y demoledor que puede ser el lenguaje: *los afilados cuchillos del decir*. Un plural, una elipsis, un condicional, una afirmación o una negación pueden cambiar nuestra vida para siempre. Ion tenía decidido no someterse al tratamiento y que la enfermedad siguiera su curso. Sin sufrimiento. Una opción tan legítima como otras. Que había que aceptar. Y hasta que el cuerpo dijera basta, continuar con las rutinas de siempre. En contraposición al súbito reflejo de mi desesperación al recordar también a Mario, la actitud de Ion era todo paz y convencimiento. Como si todo y nada existiera. Como si el antes y el después de lo que ya sabía fuesen mundos paralelos lejos de toda lógica. Siempre me había llamado la atención el tempo lánguido y pausado de su conversación. La profunda respiración después de empezar y acabar una frase. Como si el inicio y el final de lo dicho diera tiempo a un diálogo infinito todavía por llegar.

12.

Ayer conocí al tal Orreyes (Javier) del que tanto me había
hablado Mario. Por lo visto hacía menos de un mes que había
vuelto de Chile donde ha estado viviendo durante cinco años.
Según Mario era un caso curioso de autoexilio interior y exte-
rior. Parece ser que después de publicar *En la cuerda floja*, antes
de cruzar el charco, había dejado definitivamente de escribir
poesía. Ya no poseía la curiosidad ni el ímpetu necesario para
ello, y si alguna vez había tenido algo que decir ya estaba hecho.
Me lo dijo sin el más mínimo atisbo de vanidad o pena, durante
una charla después de concluir el recital de un amigo común.
Sin la prosopopeya ni la afectación que suele acompañar a los
versificadores, Orreyes me pareció de lo más normal y neutro,
como si estuviera en un lugar equivocado o inadecuado. A
los dos nos habían invitado al acto y se extrañó de que no
hubiese ido acompañado de Mario. Cuando le expliqué que
Mario había fallecido se le saltaron las lágrimas y me dijo que
sentía muchísimo no haber podido compartir con nosotros esa
inmensa pérdida. Casi ruborizado, como temiendo comunicar
un secreto, me confesó que en Chile se había separado de la que
hacía años era su pareja y que esa experiencia había prolongado
su silencio y aislamiento. El regreso era la prueba de que, muy
lentamente, Orreyes estaba abandonando su retiro. Mario, al
que le gustaba la poesía con locura, me había comentado que
Orreyes era un tipo extraño y muy sentimental que en cualquier
momento podía ponerse a llorar por las causas más baladíes.
Como, por ejemplo, en el homenaje póstumo que algunos poetas, entre ellos él, le dedicaron a un compañero recientemente
desaparecido. Al acabar estrictamente el acto se dio la palabra
al público por si alguno de los asistentes quería añadir algo.

Mario recordaba que entre el público hubo una persona que tímidamente levantó el brazo poniéndose de pie, desplegó una hoja de papel y leyó:

> Tras la herida siempre abierta de la ausencia,
> el peso del universo en los ojos, las arenas
> movedizas del miedo. Ayúdame a morir
> mirando cara a cara la belleza de la vida.

Que el final del poema dio paso a un silencio denso y penetrante que cortaba la respiración, súbitamente interrumpido por los desproporcionados e inteligibles balbuceos llorosos de Orreyes que intentaba, sin éxito, decir alguna cosa mientras se sonaba los mocos con una mano, y con los nudillos de la otra se frotaba los ojos para secarse las lágrimas.

Anécdotas aparte, a Mario le gustaba mucho como poeta y muchas veces me había recitado un poema suyo que, justo ahora, empiezo a entender a fuerza de habérmelo aprendido de memoria :

> si respiro te destruyo
>
> un más allá de la sangre
> parecería demasiado
>
> saber vivir en la distancia
> es un nombre muy preciso
> para esta guerra inacabada
>
> si acelero aumenta el frío
> y la ceniza
>
> quizás debiera detenerme

en este mágico y extraño
                                        bosque

No hay nada más que decir.

13.

Desde el balcón no puedo ver el edificio donde se ha instalado Orreyes, pero sé que no está muy lejos de aquí. Cuando me lo dijo el otro día me quedé perplejo. Después de tanto oír hablar de él resulta que casi somos vecinos. Salvo en el recital, todavía no nos hemos encontrado paseando por la calle o comprando en alguna tienda, pero es una cuestión de tiempo. Lo que sí he hecho estos días ha sido revisar la documentación que guardaba Mario. Me ha llamado la atención el grado de familiaridad y respeto que ambos se tenían, como si compartieran un ámbito secreto que nada tiene que ver con la tradicional relación personal. Aunque conocía el aprecio literario de Mario, no imaginaba esta nueva dimensión y estoy un poco aturdido con lo que estoy encontrando. La vida es una caja de sorpresas y las personas, incluso las que creemos conocer mejor, más. Apenas salgo de mi asombro a medida que voy leyendo el intercambio de correos que habían quedado suspendidos en la nube de información acumulada, y que yo particularmente desconocía. En concreto dos, donde la vida de Mario y el libro de poesía de Orreyes, *En la cuerda floja*, aparecen íntimamente unidos. En el primero de ellos, el autor le confiesa que *desde el día que me hiciste copartícipe del alcance de tu enfermedad de forma tan valiente, cabal y desinhibida, la desolación y la rabia se han apoderado de mí hasta tal punto que, salvo un puñado de poemas en los que intento aventurarme en el significado de nuestra desaparición presente y futura, no puedo concentrarme en nada que no sea esta amistad incondicional de la que quisiera salvar todo su misterio y belleza.* Y adjunta dos de los poemas que formarán parte del libro:

1.

¿Cuándo la muerte
te inoculó
la inmensa gravedad del miedo
haciéndote rehén
de tus propios cautiverios?

2.

Las heridas preexisten desde siempre.
Mira cómo gravitan en la respiración.
Cómo se parecen al vacío y a la luz.
Cómo sus aristas se adhieren a la sangre.
Regurgito cenizas, nombro, muero:
a través de sus máscaras cruzo la nada.

Y Mario le contesta: *Es exactamente eso. Lo que yo tengo tan claramente intuido y después pensado estaría incompleto sin tu ayuda. Es más, logro verlo con claridad a través de tus poemas y eso me ayuda a sentirme menos solo. Dices —demasiado modestamente, según mi opinión— que no eres mas que un buen imitador. Que para escribir necesitas un dibujo, algo a lo que agarrarte, y eso te lo proporciono yo. Déjame decirte que lo dudo: la verdad no se plagia. Cuando la ves de frente, créeme, la reconoces al instante sin dudar.* He leído y releído montones de veces sus correos y también los poemas de Javier Orreyes, y hay algo que, finalmente, se me escapa. Naturalmente esto no tiene nada que ver con nuestra relación de pareja. Nos quisimos con locura hasta el final. Y también Mario y yo habíamos hablado de su enfermedad aparcando los tabús, abrazándonos y mirándonos a los ojos. Es mas bien como si estuviéramos hablando de otra dimensión que tiene que ver con el misterio y la libertad. Con admitir que nada y nadie nos pertenece completamente y hay un límite donde se pierde el contacto. Donde la soledad es

completa. Y seguramente esas fueron las coordenadas donde
ellos tan brevemente se encontraron.

Pero aquel día no había ido a la biblioteca ni a caminar por los alrededores. Salí del trabajo con la evidencia de haber perdido un tiempo valioso y la sensación de un vacío cada vez más profundo. La incómoda y pegajosa atmósfera de la ciudad contribuía a acentuar un clima irreal y de disgusto: de intolerable carnalidad. *Insoportable cárcel del cuerpo al límite de la descomposición* –pensaba mientras abría con la llave la puerta de la finca y cruzaba el vestíbulo camino del ascensor. Ascensores Jordà, del primer tercio del siglo xx, con su estructura forjada en hierro y su caja modificada para que abriera automáticamente. Adaptaciones y mejoras que necesariamente habían tenido que hacerse en un inmueble de casi ochenta años que, sin embargo, todavía conservaba –como muchos de la ciudad– un cierto esplendor. No en vano los hermanos Muñoz, los constructores, habían elegido el límite del ensanche para construir su edificio, copia de uno inglés que habían visto en Londres durante una de sus estancias. Dos enormes columnas jónicas –el número a la altura del dintel– dan acceso al amplio vestíbulo con lámparas de anticuario en el techo. Al fondo, al lado de la portería, empieza el tramo de escalera despojado de todo material superfluo, algo que le confiere esa sensación de luminosidad y espacio. La finca, en su época, debió resultar llamativa habida cuenta de que estaba relativamente aislada, y que su fachada –sobria aunque solemne– se diferenciaba de la predominante estética modernista. Además, como luego se edificaron tres más casi exactas y sus viviendas se destinaron a alquiler –cuatro por rellano– adquirieron popularidad y reputación en el vecindario debido a su refinamiento inglés y accesibilidad.

Por qué pulsé el segundo y no el cuarto donde vivo, no tiene respuesta. Sucedió. Hice que sucediera. Con suavidad el ascensor cerró sus puertas y lentamente empezó a subir hasta el rellano. Nadie en el vestíbulo, ni en ninguna de las plantas reclamándolo. A través del silencio podía oír el murmullo de los autos en la calle y el eco amortiguado de alguna ambulancia. A medida que ascendía no dejaba de pensar en la contradicción que suponía persistir durante años en un proyecto ambicioso y solitario, y el irritante mercadeo de unas publicaciones cuyo sentido era avalar la mediocridad de todo un amplio espectro de ámbitos que no tenían la valentía de rebelarse y renovar estructuras. Había llegado a la conclusión de que el comportamiento mafioso, si ampliamos, podía ser perfectamente extrapolado a nuestra sociedad, donde numerosos dominios estaban contaminados de una sutil forma de actuación que, en el fondo, lo único que pretendía era perpetuarse en el poder. Desde la política a la cultura, pasando por la educación, todo se había convertido en una vergonzante máquina de manipulación y extorsión, en lugar de una transparente y meritoria democratización de las actuaciones y el saber. Justo estaba pensando en esa curiosa y molesta sensación de compadreo cuando llegué a la segunda planta. Tenía el chivo expiatorio. Las luces de la lámpara del techo permanecían fundidas desde hacía semanas. Tan solo la de seguridad del ascensor parecía dispuesta a proporcionar la tranquila monotonía de lo que es duradero. Como si no fuera posible evitarlo llamé al timbre de su puerta. Habían dejado la bolsa de la basura sobre el felpudo mugriento y un reguero de líquido pestilente empezaba a rezumar en su superficie. En la puerta, cuyas molduras estaban ocultas por una espesa capa de polvo, sobresalían unos profundos cortes en forma de corazón hechos por los hijos de los anteriores inquilinos. Como si se hubiera levantado de la cama, todavía abrazado a un sueño profundo, abrió apoyándose en el marco y me miró sin apenas sorprenderse. Dudo mucho que me reconociera como algo más que la continuación de una ensoñación extraña. El cabello le caía de forma desordenada en la frente. Parecía fatigado. Todo el peso de su cuerpo descansaba sobre uno de sus pies, mientras con el otro se rozaba de forma mecánica la pantorrilla. Sin mediar palabra, con un leve gesto de ojos y manos, le invité a salir al rellano y acercarnos al pasamano que nos separaba del vacío. Después de unos segundos pareció entender lo que le proponía y accedió. Con un movimiento rápido aproveché el desequilibrio de su pie cambiado y el pequeño giro de su cuerpo al ir a apoyarse en una baranda demasiado baja para empujarlo golpeándolo fuertemente con mi hombro. No le dio tiempo a gritar. El sordo estruendo de su cuerpo contra el suelo hizo que retumbaran las puertas y ventanas y, en un segundo, que salieran los primeros vecinos dando gritos. La historia parecía repetirse.

Sí, la historia se repite aunque de otra forma. Porque ya en 1936, recién inaugurado el edificio, desde ese mismo segundo piso *se precipitó* una mujer que se acababa de casar. Me lo explicó la señora Virginia que está en la finca desde el principio. Alguna vez Fabio al rememorar episodios del pasado me había comentado que en los prolegómenos de la Guerra Civil hubo un suicidio en la escalera. Pero no fue hasta que le expliqué a la señora Virginia que a mi abuelo, Francisco Milán, lo habían fusilado en el Campo de la Bota y estaba enterrado en la fosa común del Fossar de la Pedrera, que no conocí de primera mano lo sucedido con Adela y Víctor, los protagonistas de la historia. Me contó que ambos eran muy devotos y cada domingo acostumbraban a ir a la parroquia de la Mare de Déu del Roser. Adela era modista y Víctor contable de la empresa Olivetti. Pasaban de los treinta y hacía años que cortejaban. Por esas cosas del azar habían planeado casarse en esa misma iglesia en el verano del 36. Un deseo frustrado dadas las circunstancias del momento. Que hubieron de convertir en discreta ceremonia civil y un pequeño convite en el domicilio familiar. Algo habitual en la época y que no habría comportado mayores consecuencias, de no ser por el incidente que se produjo unos días antes entre Adela y la madre de la *loca* —así es como llamamos a nuestra querida vecina Úrsula—, cuando la primera no quiso arreglarle un vestido dada la proximidad de su boda. Un hecho en principio fútil que, sin embargo, le costó la denuncia en uno de los comités revolucionarios cuya sede estaba tan solo unos números más arriba de la misma calle. La madre de Úrsula solo tuvo que acusarlos de *míseros* para que una patrulla se presentara en su casa el mismo día del enlace después de que los pocos invitados se hubieran marchado. Cuatro individuos aparcaron un Mercedes-Benz V 170 encima de la acera, justo delante de la firma Laurendor, y entraron en el portal. Hacía poco que Águeda, la portera, había finalizado su jornada y estaba preparando la cena. Llamaron a su puerta preguntándole si podían encontrar a Víctor y Adela en casa. Sorprendida, con la incredulidad que provoca el estupor, solo atinó a decirles que no lo sabía. Examinaron los buzones y llamaron al ascensor. Mientras subían, arriesgando su vida, Águeda les avisó por los llamadores interiores. Cuando pulsaron el timbre requiriendo primero a su marido, lo único que pudo hacer Adela fue entretenerlos un instante, lo suficiente, para que Víctor abriese una de las ventanas que da al patio de luces y, desde allí, pasar con mucho cuidado a una habitación de la finca contigua —era verano y la ventana estaba abierta— y, una vez dentro y para sorpresa de los inquilinos, salir del piso y del edificio. No está del todo claro que a Adela la empujaran de mala manera hacia la baranda —era una de las pocas pifias del edificio, bonita pero con poca altura— una vez franqueada la puerta. Cabe la posibilidad que, angustiada por la situación y sin saber que su marido había escapado por la otra vivienda, se dejara llevar por el pánico precipitándose al vacío. La verdad nunca la sabremos.

Martes, 24 de mayo de 2011

Francisco Milán. La biografía de mi abuelo es la prueba de un vacío y un silencio que condicionó de forma traumática a sus familiares y descendientes. También es la historia de un saber irrecuperable, de toda una serie de hechos que se pierden en el infinito laberinto del olvido y la nada. ¿Quién era Francisco Milán? ¿Por qué su muerte afectó de forma decisiva a su hijo, mi padre? La leyenda. El misterio del personaje. Aquello que no puede conocerse a través de legajos, informaciones o respuestas demasiado viscerales de los que, aún, quedan vivos. Las dimensiones del dolor. Sus ramificaciones. El miedo que durante tantos años ha ido erosionando y subvirtiendo el alma de las generaciones posteriores. Más que a recordar, que también, el miedo a saber. A enfrentarse con la verdad e iniciar una vida nueva. Sin las defensas del parentesco. Darse la oportunidad de reconstruir el personaje con un efecto catártico y liberador. Pero no. La larga y profunda sombra del desamparo que va horadando las conciencias hasta situarse en los estratos más íntimos de nuestros actos. Ese desvalimiento transformado en violencia que, súbitamente, se manifiesta envenenando todo tipo de relación. Ese vacío del padre tan presente en el mío. Como un fantasma encadenado a su sangre que ha arrastrado durante toda su vida, y que yo detecto cuando lo miro a los ojos y siento esa tristeza profunda que ya no le abandonará jamás. Cuando enviudó me reprochaba sin acritud que, de todos sus hijos, yo era el que menos le llamaba. Ahora que sabe que estoy encerrado es él quien me escribe. Una demostración más de amor sabiendo lo que le incomoda —como esas malditas felicitaciones de Navidad que durante años tuvo que enviar a la familia— toda forma de intimidad a la que ya había renunciado hace tiempo. Ahora también sus cartas se parecen a esas feli-citaciones clonadas de frases hechas y tópicos anodinos en las que la única diferencia era la dirección y destinatario. Pero en este momento eso ya no importa. Y ambos lo sabemos.

Francisco Milán. Águilas (Murcia) 1908, Barcelona 1942. Hijo de Francisco y Joaquina. Profesión: fogonero de calderas de secadero. Son datos de dominio público, que se pueden encontrar en internet o en algún apéndice de libro donde se habla de los ejecutados en el Campo de la Bota durante el franquismo. Cuando George Steiner habla del siglo XX como uno de los más brutales en la historia del hombre, aquel en que el totalitarismo —el nazismo sería su máximo exponente— redujo la escala de nuestra humanidad, pienso en mi abuelo y en cómo le afectó de forma tan trágica. Los fusilamientos en masa, las miles y miles de sentencias de muerte —la suya entre ellas— que el Caudillo rubricó; el sufrimiento infligido por la espera y cautiverio. Pienso en lo joven que era —treinta y cuatro años—, y en todas esas fichas de dominó que han ido cayendo con su muerte hasta dibujar una figura donde mi padre y yo somos apenas un pequeño trazo. Pero, sobre todo, pienso en el silencio que le rodea; todas esas zonas oscuras vedadas a la memoria donde se forja el personaje. Donde puedo, a cambio de su imposibilidad, erigir un espacio íntimo en el que dialogar al margen de la historia; interrogarme sobre lo que nadie, hasta hoy, se ha atrevido a cuestionar. Es así —aunque no sea *verdad*— que empiezo a *verlo*. Como en esta fotografía que consta en el sumario e ignoraba, al igual que la mayoría de sus características físicas excepto su altura y corpulencia. Observándome con ese pantalón de peto —¿de trabajo?— y esa camisa blanca, un poco gastada, con un último ojal imposible de abotonar dado su cuello ancho y poderoso. La imagen serena —¿una fotografía hecha mientras estaba detenido?— de un hombre atractivo que, pese a todo, no se deja vencer por los acontecimientos. Cuya expresión denota confianza. Con una casi imperceptible sonrisa –yo la veo– que parece desafiar a la maquinaria de represión franquista. Mirándole desde este más allá de la historia observo ese hoyuelo en la barbilla –tan reiterado en la familia–, y ese tupido cabello negro que deja al descubierto la amplia frente de una cara donde el equilibrio de formas es predominante. Serenidad y equilibrio que, sin embargo, no ocultan un gesto último. Como si al mirar –¿a mí?– conservara la esperanza de un posible interlocutor que restableciera la *verdad* liberándolo definitivamente. ¿Lo sabes todo? –parece decirme sin decir. Y naturalmente que sé, pero no todo. Aunque quizás más de lo que en un principio podrías suponer al mirarme desde la nada, desde ese pasado de cenizas que rodea tu misterio.

Veo esa tensión disimulada, ese apasionamiento y dureza tan cercano al fanatismo que te llevó, primero, a liderar una parte del movimiento sindical en el pueblo y, segundo, a integrarte en el comité revolucionario de milicias antifascistas después de la sublevación. Y ya sabemos –entre tú y yo, porque la familia nunca ha querido hacerse a la idea– lo que eso significaba. Dignidad, valor, amor a unos ideales; pero también poder: llevar armas, confiscar locales, propiedades o dinero; destituir cargos, acusar y detener a personas, participar en expolios o saqueos. También, a veces, salvar vidas como la del sastre y su hijo. Cómo debían admirarte, respetarte y temerte. ¿Lo sabía *todo* la abuela? ¿Hubo alguien que te conociera *realmente*? Puedo imaginarte en plena vorágine con la fiebre propia del momento. Sumido en una especie de irascibilidad cercana a la violencia que, algunas veces, también asoma en tu hijo. Y sería mucho más tranquilizador pensar en el contexto histórico, la rabia de la desigualdad y la injusticia acumulada; incluso el odio, la aversión o el resentimiento hacia determinadas personas. Pero no. Cuando te miro en esa fotografía –a estas alturas ya estoy seguro de que estabas detenido– con el agua al cuello –¿la vio tu mujer? ¿saben de su existencia tus hijos?– y siento esa firmeza, esa intranquilidad controlada, esos ojos que en su final no renuncian ni se arrepienten de nada, veo la otra cara de la historia; las aristas de un silencio que ha permanecido enterrado durante tanto tiempo, y el miedo a conocerlo. También el límite que, con casi toda seguridad, rebasaste y que te costó la vida.

MARTES, 30 DE MAYO DE 2011

¿Qué había pasado con el hijo del facultativo de la mina donde trabajabas para que, poco después del levantamiento, te desplazaras con la patrulla hasta su casa, entrarais armados y con la cara tapada, dispuestos a que os *acompañara*? ¿Por qué dos de vosotros disparáis contra su padre por oponer resistencia? ¿Acaso fuiste tú uno de ellos como consta en las declaraciones donde un *compañero* te incrimina? En esa época debías de tenerlos bien puestos para dejar escapar al hijo finalmente y, visto el panorama, regresar a casa como si nada.

Debía ser excitante en esos meses de impunidad y descontrol irrumpir en el Centro Católico o en el Convento, adueñarse del local de la Liga o del chalé de uno de los jefazos de la Mina. Pasearse por el pueblo siendo, al mismo tiempo, ley, justicia y brazo ejecutor. Cómo nos parecemos. Quién iba a decirme hace años que, más que a mi padre, acabaría pareciéndome al *gran desconocido*; terminaría por trazar una especie de retrato robot donde me reconozco a pesar de nuestras diferencias.

¿Y la abuela? ¿Cuál fue su papel en esta historia? Puedo imaginar todo su sufrimiento antes y después de condenarlo a muerte y fusilarlo. Aunque, dado su carácter, es imposible que no supiera; que transigiera y permitiera. ¿Hasta qué punto? ¿Qué importancia tenían realmente ella y sus hijos en el contexto de su vida? A juzgar por los acontecimientos, no demasiado. A mi padre solo lo pudo ver en alguna breve visita a la cárcel; y a su otro hijo mayor, mi tío, dudo que prácticamente lo conociera. Ahora que estoy encerrado y tengo tiempo suficiente para mirar esos viejos archivos al alcance de todos pienso en las consecuencias. El momento y las circunstancias en que mi padre, por ejemplo, fue concebido y nació. Un poco antes que la asamblea local de la CNT lo nombrara Concejal de Defensa –¿casualidad?– y se produjeran los hechos de Cal Funes. Cuando fuiste a buscar a su casa a ese soldado que vino de permiso –¿un desertor?– antes que *la jauría* lo linchase, y lo llevaste al ayuntamiento, donde deliberasteis durante horas. ¿Llevarlo a la ciudad para alejarlo del peligro? ¿Entregarlo a las autoridades militares para que lo castigasen? Pero, ¿por qué, no hemos quedado que estaba de permiso? ¿A medio camino os arrepentisteis y alguno de los del coche hizo justicia por su cuenta? ¿O es quizás, como declarasteis ante el juez que entonces os absolvió, que fuisteis sorprendidos por nueve hombres con la cara tapada y no pudisteis hacer nada para salvarle la vida? Solo tú sabes realmente la verdad. Pero, entre tú y yo, los dos conocemos la gente que te rodeaba y lo fácil que puede ser apretar el gatillo cuando las cosas se nos escapan de las manos.

¿Hacíais el amor en la misma habitación donde guardabas la pistola? Pero, sobre todo, ¿por qué un hijo justo después de dejar el cargo de Consejero de Defensa y muy poco antes de incorporarte voluntario al 4º Batallón de la 60 Brigada Mixta para ir al frente del Ebro? ¿Sabías que en ese momento esperabas un hijo, mi padre? Intuyo que sí. Que por encima de tu seguridad y la familia llegarías al final en la defensa de unos ideales que en alguna ocasión –así lo espero– te hicieron sentir incómodo. Y también, por qué no decirlo, para protegerte de forma desesperada de un pasado presuntamente delictivo. Creo que esta es la verdadera razón de que no huyeras a Francia –quizás en el momento que renunciaste a seguir en el Ayuntamiento– cuando las cosas empezaban a ponerse feas y aún estabas a tiempo de salvar la vida. Ese episodio tan cargado de emotividad como de incoherencia en las fechas que siempre rememora tu hijo. Aquel en que, después de un último y desesperado intento de tu hermano para que cruzarais juntos la frontera, decides finalmente regresar a casa aduciendo que no habías hecho nada para escapar abandonando a tu familia. Unos hechos que, a tenor de la documentación, dudo mucho que existieran salvo en la imaginación de una familia que necesitaba sobrevivir en una época tan difícil. Máxime cuando el relato nos lleva por otros derroteros más amargos, como es la certeza de tu participación en la Batalla del Ebro. Esa mítica madrugada del 25 de julio del 38 en que, formando parte de la Tercera División del XV Cuerpo del 75 Ejército a las órdenes del Teniente Coronel Manuel Tagüeña, cruzáis el Ebro ocupando Flix y, posteriormente, os internáis en la sierra de la Fatarella con el objetivo de desactivar el contraataque franquista. Debiste de pasarlas canutas contemplando todo tipo de horrores antes, durante y después de los combates; y me hago cruces de cómo pudiste escapar a esa monstruosa escabechina. Finalmente la contraofensiva de los fachas acabará por hacerte prisionero –ironías del destino– un mes después, el 24 de agosto, justo el mismo día que Franco ordena parar la lucha. Cuando te desarman y te hacen prisionero para, posteriormente, enviarte con destino a Plasencia, tu mujer estaba embarazada de seis meses.

Durante la Batalla del Ebro, habida cuenta de las bajas que sufrieron vuestras unidades, debiste escapar de la muerte por los pelos. Imagina los sobresaltos, el cúmulo de miedos que debía experimentar tu mujer si tenía alguna idea del infierno en que vivías. Lo veo en tu hijo. En el disimulado pánico a que lo abandonen y se quede solo. En esa necesidad callada, pero profunda, de que lo abracen y lo besen. Es muy diferente a ti. Él solo nos tiene a nosotros, su familia; mientras que en tu caso lo esencial era un ideal del que ellos formaban parte, cómo decirlo, de forma subsidiaria. Es lo que creo.

MARTES, 7 DE JUNIO DE 2011

No te imagino con esa sensación de alivio al verte *cautivo y desarmado* cuando te hacen prisionero. Ni tampoco atenazado por el miedo al futuro mientras, paralelamente, las denuncias e informes van haciendo su curso. No. Más bien veo esa serenidad compacta del que lo encaja todo y acepta su futuro sin renunciar a sus actos. Unos hechos que, al decantarse la guerra del otro bando, te condenaban de antemano. Por más agallas e inteligencia que tuvieras, la suerte estaba echada. Me cuesta pensar que íntimamente no lo creyeses y apelaras a una especie de absolución en el tramo final de tu vida. No. Sospecho que te dejaste llevar por los acontecimientos como si ese fuese realmente tu destino. Que de Plasencia te llevaron a Miranda de Ebro –tu hijo entonces ya había nacido– desde donde fuiste destinado al 5º Batallón de Trabajadores de Baena. Estamos hablando de enero de 1939, muy poco antes de que los nacionales tomaran la población donde permanecía tu familia y se pusiesen en marcha los mecanismos de represión. Era cuestión de tiempo y el tuyo jugaba en contra. Como así sucedió a finales de julio –casi se me encoje el corazón al descubrir que en la misma fecha, *tan solo* dos décadas antes de que yo naciera, estabas entre la espada y la pared–, cuando te detienen e ingresas en la Prisión Provincial de Granada. Allí te interrogarán y permanecerás hasta tu posterior traslado a Barcelona donde previamente se habían iniciado las actuaciones judiciales. De nada servirá la buena conducta ante el peso de las acusaciones y el poder de un alcalde y unos correligionarios que te la tenían jurada. Por duro que parezca, dadas las circunstancias, aunque la Historia estuviera de tu parte –otra cosa es tu conducta relacionada con determinados actos que, por motivos obvios, estoy incapacitado para juzgar–, no entiendo cómo tu relato podía acabar de otra manera que no fuese con la muerte. Basta darle un vistazo a la Causa General, en concreto al legajo que instruye los hechos de tu localidad, para comprobar que solo un milagro en el que no creías podría salvarte la vida. Que el sumario por Rebelión Militar –encima hay que joderse con la jerga facha– se estaba cerrando a tu alrededor, lenta pero inexorablemente, como demuestra el cruce de documentos de la criminal y burocrática maquinaria de represión franquista.

De todo el proceso, ese año y medio que permaneciste detenido en Barcelona es, documentalmente, el más opaco y parco en informaciones. Tan cerca de casa y, al mismo tiempo, tan lejos de todo aquello que nos podría haber ayudado a reconstruir tu imagen y rescatarte del silencioso laberinto de la nada. Tu esposa, que te visitaba, se lo llevó todo a la tumba. No sé si por orden tuya o por un miedo exacerbado cuya finalidad era *proteger* a los suyos. Hasta hace poco creía que el temor que os había transmitido era una forma de apartaros del dolor por la pérdida del padre y, consecuentemente, de la locura de una época en que el sueño por la libertad y la justicia acababa destruyendo a los que se aproximaban. Pero, quizás, sus recelos eran otros. A lo mejor tenían que ver más contigo, con el verdadero hombre que eras y el muro que había decidido interponer entre ti y el resto de la familia. Para que no supieran. Para salvaguardar una imagen que los acompañara durante el naufragio prematuro de sus vidas. Es lo que intuyo y pienso dado el hermético silencio que rodea a tu figura. ¿Conociste a tu hijo en la Modelo? ¿Qué sentiste? ¿Quizás al verlo hubieras querido hacer marcha atrás y comenzar de nuevo? No lo imagino. Es la música de fondo que me llega al intentar reconstruirte. Pero tampoco puedo estar del todo seguro.

Y ahora llega lo más duro. Esa pantomima de Consejo de Guerra que te juzgará en febrero de 1942 declarándote culpable y condenándote a muerte con ese HECHOS PROBADOS final, y la negativa a conmutar la pena por estar comprendida en la Orden tal y cual. Siento escalofríos —no me importa que me llamen cínico— solo de pensar en la forma de juzgarte. Esa chusca e infame farsa que lo tiene, todo, atado y bien atado para no dejar un adversario con vida. La vileza de una justicia envenenada por la muerte que, todavía hoy, muchos justifican con la boca pequeña.

Debió ser agónico ver cómo a los compañeros, paulatinamente, se los iban llevando para no volver. Esperar hasta el último momento el *enterado* del Caudillo con la esperanza de que la pesadilla podría terminar. Así durante un mes. Hasta que el 21 de marzo de 1942 te entregan a la fuerza pública a las seis de la mañana. Media hora más tarde, todo había acabado en el Campo de la Bota. El mismo donde, ahora, reedificado y con otro nombre, existe un monumento que os recuerda y por el que he paseado muchas veces.

¿Qué pensarías en el último momento? En estas diligencias de ejecución y enterramiento –qué sensación más extraña poder consultarlas desde el ordenador, sumergirse en una intimidad tan cruda y dolorosa– todo es demasiado burdo; excesivamente burocrático y mecánico para creer que te conciernen *verdaderamente*. ¿Te despertaron, como a muchos, de madrugada unas horas antes de fusilarte? ¿Dejaste alguna nota, testimonio o confidencia, alguna petición en esos últimos momentos? Dudo que necesitaras al cura. Opino que esa *entrada en capilla* era más bien una especie de liberación final después de tanta derrota y sufrimiento. Así es como te adentras en la nada en esa gélida Barcelona de 1942. Las olas baten en la playa mientras unos disparos intentan inmovilizar, perpetuar y destruir la locura y los sueños de una época.

No he podido escribir en casi dos semanas. Tal y como les suele pasar a los ciclistas que llegan al límite he sufrido una pájara de campeonato que me ha dejado mudo y exhausto durante todo este periodo. La suerte ha querido que en ese momento Berto, uno de los pocos amigos que me quedan, viniera a verme y alejara los fantasmas del pasado. Berto es joven, guapo y refinado, y un policía atípico. Licenciado en Filología Hispánica ha publicado varios trabajos sobre literatura, entre los que destaca un interesante artículo sobre las voces narrativas en la obra de Juan Marsé. Incondicional de Clint Eastwood y los Pixies es un personaje muy divertido, y tiene unas ideas sobre nuestro inminente futuro algo delirantes y disparatadas. Como esa animalada del kit de supervivencia y el acopio de latas de conserva, agua embotellada y mapas para escapar por caminos poco transitados; más algo de dinero que, previamente, hemos ido sacando del banco como quien no quiere la cosa. Y todo, según Berto, porque históricamente ya toca sea Irán, Corea o Groenlandia. Así que más vale –dice Berto, todo convencimiento y profesionalidad, no olvidemos que es poli– que, poquito a poco, vayas sacando la pasta y la cambies por oro, y empieces a hacer la mochila. En cualquier momento, los americanos –ingleses incluidos– o el cambio climático la preparan y tenemos que salir zumbando. Dicho así la cosa parecería grave, pero cuando lo afirma con ese aire de suficiencia mientras se come media docena de huevos duros y medio quilo de patatas cocidas que ha traído en su fiambrera –la alimentación, dice, es vital para estar preparado frente a futuras eventualidades–, no puedo hacer otra cosa que manifestar mi escepticismo. La innata desconfianza que profeso hacia milenarismos de muy diversa índole. Desconfianza, le replico, sobre todo aquello que se quiere prever, que se quiere articular para que encaje –control– en una determinada dirección afín con sus intereses. En el fondo, le digo, pensarlo es ya anticiparlo. Es proyectarlo para que suceda. Es adherirte a esa corriente que podría provocarlo. Entonces, Berto me mira y duda entre tragarse el cuarto huevo o sacárselo cuidadosamente de la boca, mientras bascula los hombros y hace un ligero movimiento de cabeza pensando una respuesta a una reflexión que no esperaba.

Berto es así. Igual te habla de la última novela de Don DeLillo que del significado de las Líneas de Nazca dentro de la historia no oficial. O de su amigo Jandro, agente de seguridad de un conocido local de alterne de la ciudad con el que practica taekwondo dos veces a la semana. Como antes de entrar en la policía se había ganado también la vida repartiendo, y nuestra competidora natural es una empresa del estado, le vino como anillo al dedo explicarme la última de Jandro. Todo un personaje que, además de tatuajes, le gusta coleccionar animales exóticos entre los que destaca una enorme y hermosa pitón reticular a la que cuida embelesado como si fuera su madre. El caso es que hace unos días el cartero le llevó una carta certificada, y cuando fue a buscar el carnet de identidad para identificarse, oyó un grito desde el vestíbulo que retumbó en todo el edificio. Atila, que es como se llama el ofidio, se había escapado y deslizado desde la habitación contigua donde tiene su jaula a un mueble del recibidor, y de este, por la espalda, al cuello del funcionario. Afortunadamente todo quedó en un gran susto, un rosario de disculpas y un importante cabreo del cartero después de recuperarse del susto. Según Berto, Atila es un ejemplar *impresionante* y no es la primera vez que compromete a Jandro. Antes del episodio del cartero, la portera de la finca ya se lo había encontrado en su cubículo perfectamente enroscado donde amontonaba los periódicos y revistas atrasadas, y no le dio un síncope de puro milagro.

Pero de todas las cosas que durante nuestra amistad Berto me ha explicado, no hay otra más extravagante y fetichista que la del hombre con las bolsas de natillas. Nunca ha desvelado quien se lo chivó, pero cuando le comento que son cosas de Jandro y su experiencia profesional, me mira divertido y niega con la cabeza para que deje de hacer preguntas y escuche. Cada quince días, normalmente jueves, X se presenta en el local Y con su Porsche Cayenne del que baja con dos grandes bolsas repletas de natillas. Es un individuo rechoncho y trajeado, con una gruesa cadena de oro macizo que sobresale bajo el cuello de su camisa, y un brillante y ostentoso sello en el dedo. Lo conocen. Los de seguridad, al verle, en seguida le cogen las bolsas y abren la puerta para que entre. Todo es mecánico. Una especie de ceremonia que se repite y desarrolla a su alrededor desde hace tiempo. Con muy pocas variables. Siempre la misma habitación y la misma chica que conoce las reglas y no le decepciona. Normas sencillas pero que se han de seguir al pie de la letra. Los tres —el hombre, uno de los de seguridad y la chica— entran en la habitación. Mientras se desabrocha la corbata y deja la americana en una de las sillas que hay junto al escritorio, la chica se desnuda completamente y se tumba en la cama, boca arriba, con las piernas debidamente separadas. A su vez, el de seguridad ha empezado a vaciar el contenido de las bolsas y separar las natillas por sabores: galleta, vainilla y chocolate. De este último grupo separa dos, y una la guarda en la nevera donde también hay una cucharilla de plata, una botella de Cardhu y algo de hielo. Ordenados por sabores los va vaciando encima de la chica hasta embadurnarla completamente. Desde el cuello hasta los pechos de vainilla, de los pechos hasta el vientre de galleta, y del vientre hasta los pies de chocolate. Las reglas en cuanto a la chica son precisas: no moverse, no hablar y dejarse hacer. Mientras, el hombre ha ido observando el proceso comiéndose una de las natillas reservadas. Cuando la chica ya está completamente bañada en sabores –una operación que puede tardar entre 35 y 40 minutos– el hombre le indica al de seguridad que vaya a la nevera y le traiga el postre de chocolate y la cucharilla. Seguidamente lo coge, le quita el envoltorio y se sienta al lado de la cama, aproximadamente a la altura de la cintura de la chica. Sin mirarla, como si no existiera más que en su fantasía, con las manos expertas del que ha repetido la operación docenas de veces, coge las piernas de ella y las abre todavía un poco más para poder ver mejor su coño. Entonces toma las natillas de chocolate y, cuidadosamente, cucharada a cucharada, se la introduce en la vagina hasta que vacía el recipiente. Una vez ha acabado, si decir nada, se retira con la cucharilla en la boca hasta el baño por espacio de diez minutos donde, al final, se oye el sonido del retrete al dejar correr el agua. Entonces, enseguida, sale de la misma manera que entró, con la cucharilla en la boca, y camina hasta la cama donde vuelve a sentarse en la misma posición. Ni una sola palabra, ningún tipo de expresión que pudiera delatar signos de inquietud o placer. Demasiado mecánico para ser real. Demasiado humano para ser humano. Con la seguridad del sibarita que conoce a la perfección la explosión de sensaciones que le va a proporcionar su manjar, toma la cuchara con la mano y, sin mirar a la mujer, la sumerge en sus entrañas una y otra vez paladeando y saboreando las natillas de chocolate que previamente le había metido por el coño. Cuando ya no queda prácticamente nada vuelve a sumergir la cuchara un par de veces más, apurando y memorizando los últimos jugos de su postre. Luego, en silencio también, se levanta, le da la cucharilla al de seguridad y va hasta la silla del escritorio. Después de arreglarse la corbata busca en uno de los bolsillos interiores de la americana los tres sobres que acostumbra a llevar junto a un fajo de billetes. Uno para la chica, otro para el de seguridad, y un tercero, cerrado, para la *casa*, que también le entrega a este. Seguidamente se pone la americana, levanta ligeramente el brazo en señal de despedida y, sin haber abierto la boca en todo el tiempo, cierra la puerta de la habitación y sale del local para perderse en la ciudad conduciendo su Porsche Cayenne último modelo.

MARTES, 28 DE JUNIO DE 2011

Hoy ha venido a verme Guacoldo, el abogado de oficio que me han asignado. No es el típico que mi trabajo me ha permitido conocer a lo largo de los años. De una educación exquisita, transmite una serenidad distante no exenta de picardía. Ignoro si en la práctica del derecho es igual, pero en lo referente a confianza y trato no podía estar en mejores manos. Me gusta la gente así. La educación es un valor en declive que ha sido sustituido por la mercantilismo democrático de la vulgaridad. Guacoldo es una persona refinada y se nota en la forma de combinar la americana con camisa, calcetines o pañuelos; pero, sobre todo, en los silencios y la forma reposada de hablar. Esa falta de precipitación me da seguridad y hace que me fíe de él.

A Guacoldo —me lo ha contado un interno que también lo conoce— un célebre y turbio proceso estuvo a punto de apartarlo de la carrera judicial cuando trabajaba en un conocido despacho de la ciudad. Ahora va por libre y solo se ocupa de aquellos casos que el Colegio le asigna. Para él también hubo un *acontecimiento* que significó un antes y un después en su vida. Fue cuestión de mala suerte que el suceso en cuestión fuese a parar a su sección —temas penales— como un claro ejemplo de homicidio imprudente que acabó salpicando a la familia de un conocido político de la ciudad en plena campaña electoral. Nunca se lo perdonaron. Cuando bajó la guardia, en otro proceso distinto y por un simple error en la presentación de los escritos al juzgado, fue despedido *con todas las de la ley*. En aquella época Guacoldo era un idealista embelesado por el respeto a la norma, que aún creía en la cantinela de *más vale remangarse cuando el brazo de la ley te señala*. Sin embargo, desconocía que hay que estar siempre preparado para bajarse los pantalones o huir cuando la maquinaria del poder te la tiene jurada. En el fondo —esto lo creo yo— es como la mafia: una estructura, unos comportamientos y unas actividades que están más cerca de nosotros de lo que imaginamos, y que podemos padecer —con matices, pero al fin y al cabo lo mismo— sin estar en Nápoles, Sicilia o Calabria.

A fuerza de golpes Guacoldo se ha convertido en un abogado dado a la didáctica. En cualquier momento te sorprende con frases como *la ley es invisible, parece que no se manifieste con la objetividad y precisión del que se mira al espejo, pero tan solo hace falta que traspases un milímetro su difusa línea roja y haya alguien que lo certifique, para meterte en un buen lío.* O: *en el fondo, aunque no queramos admitirlo —y los abogados los primeros—, lo que de verdad subyace tras el sistema legal es la fosilización del poder patriarcal basado en la conquista y el expolio del hombre sobre el hombre y la naturaleza, el ejercicio de un dominio cuyo punto de no retorno multiplica de forma exponencial su soledad y esquizofrenia.*

En lo referente a *lo mío* Guacoldo ha sido muy sensible. No recuerdo que me haya preguntado por los motivos o las razones de mi *actuación.* Solo que describiera mi recorrido ese día, y si había contado algo a la policía, familiares o amigos. Naturalmente, me ha informado sobre la pena que pueden imponerme cuando se celebre el juicio, aunque esta puede variar en función de cómo se desarrolle la vista y quién dicte sentencia. Lo menciona de vez en cuando para que toque de pies a tierra porque, tarde o temprano, *el rodillo de la justicia me va a pasar por encima.* Esto me lo dice de forma desapasionada y amable, sin ningún ánimo de herirme. Me gusta.

Norma. Es difícil hablar de quien está infinitamente cerca y no puedes separarte para tomar distancia. Estoy pegado a Norma. Me balanceo en su tallo sin la más mínima esperanza de perspectiva independiente. Aun así hablaré de esa mujer misteriosa que me fascina y que he perdido para siempre. Cuando lo empujé al vacío, nosotros caímos también separándonos definitivamente. Son esas imposibilidades de la experiencia lo que otorga un aire inverosímil y onírico, a veces fantasmal, a mi vida. La vida como un misterioso laberinto de muertes y supervivencias. En ese laberinto Norma y yo hemos vivido juntos durante muchos años. Al principio –por mi parte– sin demasiadas esperanzas dada su estricta observancia católica, que me parecía más una *boutade* que una opción ideológica. Después –a medida que la fui conociendo– con una curiosidad apasionada que nos fue acercando y uniendo como si de un *patchwork* se tratase. Me atraía esa combinación de rigor moral y veleidad individual en su manera de hablar o de vestir. Naturalmente fue Norma la que marcó las pautas de la relación y del momento en que se entregaría por completo. Lógicamente, después de casada y con la voluntad de ser madre, una voluntad implacable que al principio me pareció desconcertante y que en el fondo me deslumbraba y halagaba. Sexualmente con Norma llegué al paroxismo, algo que con mis anteriores parejas no había sucedido. No se parecía a ninguna de ellas. Cuando se entregaba lo hacía con una inflexible voluntad de fusión, de forma tan insaciable y desesperada que era imposible acompañarla. Después de un tiempo, al no quedarse embarazada, empezaron las preguntas y las dudas, y poco después las pruebas que certificaban mi incapacidad para procrear. Fue un duro golpe para Norma. Aunque era lo que más deseaba en el mundo, lo asumió con una serenidad estoica que me desconcertó. En esos momentos hubiera preferido que descargara sobre mí toda su ira y no esa actitud de resignada frialdad frente a una maternidad frustrada. Delicadamente se fue retirando de mí. No de golpe, pero sí de forma decidida hasta que la pasión acabó por desaparecer. La pasión, no la sociedad que habíamos construido en forma de familia, amigos, patrimonio o costumbres. Una sociedad que funcionaba de forma casi perfecta, sin demasiados sobresaltos, y donde el cariño y el pasado parecían sustentarlo todo. Éramos felices en la medida en que habíamos establecido nuestros límites y nos respetábamos.

Así hasta el día que lo eché todo por la borda. La misma rígida moral que tanto me había atraído al principio, nunca me perdonaría un comportamiento tan irracional y lesivo. Y si era capaz de perdonarme sería con la única voluntad –y en eso Norma era implacable– de disolver la *sociedad*. Algo que, a tenor de su largo silencio, ya estaba produciéndose. Ninguna llamada, ninguna visita, ningún mensaje a través de mi abogado o de algún amigo.

Martes, 5 de julio de 2011

Fue Mauro quien me presentó a Norma durante un concierto de Pixies. No entiendo qué hacía allí. Tampoco ella. Simplemente se sintió atraída por una música *expresionista* con altas dosis de lirismo que la alejaba de su escrupuloso ambiente ortodoxo. Allí empezó todo. Ambos trabajaban en renombradas asesorías de la ciudad y se conocieron cuando Mauro tuvo que auditar las cuentas de una de las empresas para las que Norma trabajaba. Pero eso fue antes de que lo despidieran y se dedicara de forma compulsiva a coleccionar tarjetas postales que *nunca* habían llegado a sus destinatarios. Las obtenía en mercadillos, basuras o buzones de devoluciones, y también un servidor se las proporcionaba *de estrangis*: Punta Cana, Delhi, Toronto, Nueva York, Nairobi, Ciudad del Cabo, Arica... En inglés, alemán, italiano, español o catalán. Aunque la mayoría compartían los tópicos de siempre, había un reducido número de ellas que atesoraban singulares formas de intimidad que las convertían en misteriosas formas de comunicación. Mauro era un apasionado fetichista de este tipo de correo –la postal que nunca llegaría a su destinatario real– tan anacrónico como único. Habíamos hablado muchas veces al respecto y siempre me decía lo mismo: Es como una especie de desnudo donde, por error, el *vouyeur* es alguien imprevisto, desconocido. Donde la comunicación debiera establecerse de forma directa y neutra, en ausencia de nadie que pudiera entrometerse en el proceso. Como si entre emisor y receptor nada pudiera inmiscuirse. Como si fuera invisible de tan visible. Y todavía –me decía– más: como flores de un día que destilan un tipo de escritura anticuada y romántica en contraste con el e-mail, sms o wasap.

Esas personas que un día quisieron ponerse en contacto con X ¿todavía se relacionan o han desaparecido para siempre? ¿Qué queda al otro lado de ese montón de correspondencia que puedo curiosear en casa de Mauro como si las ciudades, los nombres, los besos, los hasta pronto, los te quiero continuaran hasta el infinito? Como si la dirección errónea del envío, extrañamente, le diera una segunda oportunidad de ir hasta la casa de esa persona y entregarle un mensaje desde la nada —desde nadie— que estuvo a punto de llegar y que ya olvidó, y quién sabe si, por esa misma razón, cambió su vida para siempre. Es esa forma de supervivencia, esos rostros fantasmales, esos paisajes de tiniebla, esas palabras congeladas en mis manos —me explica— lo que le atrae de estas postales.

Un día en los Encantes —continúa diciéndome—, cuando al atardecer las máquinas empezaban a limpiar los pasillos e iban dejando pilas que la gente registraba buscando alguna ganga, vi tirada en el suelo una tarjeta postal. París año 1963. Dirigida a la Srta. X que vivía en el Passeig Sant Joan 7X, Ensol. 1ª, y cuyo remitente era P. C. Solo contenía el siguiente poema:

> El sol acaricia mi ventana.
> El Sena fluye en calma.
> La humedad de las calles
> amplifica los recuerdos.
> Todo es irreal: tú no estás.

Estamos hablando —observaba Mauro— de más de cuarenta años de diferencia y una distancia —entre Glories y Passeig Sant Joan— de tan solo veinticinco minutos andando. Esa misma tarde —me dijo— cogí la postal y me acerqué hasta la dirección. Llamé a uno de los pisos y entré. En la placa del buzón, las iniciales de X todavía existían junto a otras que no eran las de P. C. Estuve a punto de subir y llamar. De explicarle —¿a quién?— que todo había sido un error. Que por algún motivo este escrito se había quedado en el limbo del olvido y que, quizás, lo podía haber cambiado todo… Que no era posible que con ese papel en las manos la vida continuara como si nada…

Perro no come carne de perro, que diría mi vecino y amigo
Fabio con la habitual perspicacia y una pizca de ironía de quien,
generación tras generación, ha ido observando los mismos perros
con distintos collares. Fabio Garcés Ybarra, miembro de una
estirpe de comerciantes de la navegación que durante la primera
mitad del siglo pasado casi monopolizó el comercio marítimo
entre España y América del Sur. Cuando trasladaron al padre
a la sede de la empresa matriz, la familia tuvo que emigrar a
Barcelona. En la actualidad Fabio solo mantiene contacto con
una hermana suya, Karina, que se marchó a Argentina después
de la Guerra Civil. Vive en El Calafate, donde se trasladó de
Buenos Aires al instaurarse la dictadura militar, y posee un
hostal con habitaciones que alquila, sobre todo, a turistas que
van a visitar los glaciares y el Fitz Roy. Cada dos años –sin faltar
una sola vez desde que cuenta con patrimonio propio– Fabio va
a visitarla durante todo un mes. Y al contrario, cuando Karina
ha ahorrado lo suficiente le devuelve la visita instalándose en
un pequeño hotel cercano a Sant Martí d'Empuries, un lugar
mágico según ella. La primera vez que Karina regresó a Barcelona –y de eso hace más de treinta años– le regaló una cría de
amazonas, Chanel, que lo acompaña desde entonces y al que
adora por encima de todas las cosas. Un loro, según sus propias
palabras, que nos ha legado en testamento con una asignación
para que lo cuidemos en caso de que él falleciera. El nombre
de Chanel se lo puso Karina pensando en los gustos de Fabio
–trabajó hasta su jubilación como modisto de una importante
marca de *prêt-a-porter*–; su interés por el mundo de la moda
y, en especial, su predilección por la alta costura de la marca
parisina. Desde que lo conocemos, hace más de quince años,

Chanel no cesa de sorprendernos y divertirnos con sus canciones –*Cuando salí de Cuba, Baixant de la Font del Gat…*– o sus salidas de tono cuando oye cuchichear a nuestra vecina: ¡*Úrsula, vieja loca, Úrsula, Úrsula, deja de darle a la botella!* Desde hace años, cuando Fabio se va de vacaciones o se ausenta por algún motivo, nosotros lo vigilamos y cuidamos como uno más de la familia. Fabio posee una estupenda biblioteca especializada en literatura francesa –toda su familia estudió en el Liceo Francés– con verdaderas joyas de finales del XIX y principios del XX. Más de una vez, sin previo aviso, se ha presentado en casa recitando a Verlaine o Rimbaud con un ejemplar en la mano animándome para que me lo quedase *antes de que las hienas devoren el botín.* Y aunque nosotros no la hemos visto todavía sabemos, por el catálogo que él mismo nos ha enseñado, de la reciente cesión a un importante museo de la ciudad de su escogida y valiosa colección de arte precolombino. Una colección que se gestó y amplió hace más de medio siglo debido a su prolongada y estrecha amistad con un poeta vasco afincado en Córdoba al que visitaba con asiduidad cuando iba a ver a Karina. En su último correo me decía únicamente que no lo entendía, pero que si lo necesitaba no dudara en llamarlo. *Alguna vez en nuestra vida, todos hemos estado al borde…*

Martes, 12 de julio de 2011

Hoy ha venido Guacoldo para comunicarme que la vista se celebrará a principios de septiembre y he de estar preparado para un resultado adverso. Quizás una reclusión entre diez y quince años en una institución especial igual o similar a esta. Eso, precisa Guacoldo, si queda probada la enajenación mental transitoria que se me atribuye. En caso contrario debería abandonar este centro e ingresar en otro, el que se me asignase, de presos comunes. La perspectiva de continuar aquí, según Guacoldo, no es muy prometedora porque, según ha podido intuir por conversaciones con los psicólogos de la institución, no acabo de dar el perfil de enfermo mental tal y como sus estudios establecen. Antes de emitir un juicio esperarán a que el proceso finalice recopilando información. Aunque me es indiferente, a efectos prácticos, me convendría permanecer donde estoy, pues conozco al resto de los internos y los hábitos y personal de la institución. Más que el veredicto final, me gustaría saber qué piensa Guacoldo *realmente*. Sé que si se lo pregunto me dirá que lo importante es el *resultado* y no lo que él opina en relación a su defendido. Jurídicamente es posible que tenga razón, pero a efectos íntimos no deja de ser una contradicción con la que tiene que convivir como buen profesional. Si esto hubiera sucedido en el interior de otra cultura con otra forma diferente de impartir justicia, quizás ya estaría muerto o viviría en perpetua deuda con la familia y la comunidad de la víctima; y no como ahora, marginado en el seno de una sociedad que basa su equilibrio en la exclusión de lo que también le es propio.

De todas formas, sea cual sea el resultado, estoy preparado. Salvo estos absurdos papeles intermitentes en los que me apoyo, nada me importa ni interesa.

JUEVES, 14 DE JULIO DE 2011

El *Paracas*, uno de los internos del centro, ha salido hoy en libertad. Su apelativo es bastante frecuente entre los que antaño sirvieron a la patria en paracaidismo. En mi juventud también conocí a uno con ese mismo alias, un caso irrecuperable que acabó sus días ahogado en el río cuando apenas contaba veintiocho años. Siempre bromeaba diciendo que no pasaría de los treinta. Nunca lo creímos. Tampoco cuando nos dijo que se alistaría voluntario en el ejército. Era inverosímil que alguien tan intelectualmente dotado, tan brillante en los estudios, lo tirara todo por la borda. Tras un verano muy dichoso para la mayoría de nosotros nos confesó que había estado leyendo *El Ser y el Tiempo* de Heidegger, y que eso lo alteraba todo. Naturalmente no lo entendimos. Tampoco cuando renunció a matricularse en la Universidad o se alistó. Después de veinticuatro meses, el ya *Paracas* regresó transformado. En realidad, por una especie de efecto bumerán, todos habíamos cambiado en su ausencia. Mientras nosotros empezábamos a tomar posiciones de lo que después sería nuestro futuro estado civil o profesional, el *Paracas* exploraba los límites de un vacío con la ayuda del alcohol y las drogas. De las que iba y venía como en una montaña rusa dispuesto a saltar más allá de sí mismo. Y eso es lo que pasó un día de septiembre cuando se metió un pico y se lanzó al agua. Lejos de cualquier mirada que pudiera rescatarlo. Dejándose llevar. Acabando con el dolor de respirar después de que pasasen los efectos: cumpliendo su promesa.

El *Paracas*, pues, ha salido en libertad después de doce años. A este, después de terminar la mili, unas *pastillas* le afectaron las neuronas. Le dio por estudiar meticulosamente el horóscopo y, posteriormente, por ir parando a la gente por la calle y preguntarle por su signo astral. Con el tiempo pasó a formar parte del paisaje cotidiano del barrio donde residía. Los problemas aparecían cuando se escapaba de la vigilancia de su familia y amigos, y se desplazaba a otras zonas. Un día, a la hora del almuerzo, entró en un restaurante donde no lo conocían y al primer comensal que le pareció, como siempre, lo abordó y, sin preámbulos, le preguntó su horóscopo. El sujeto en cuestión, que tampoco lo conocía y se irritó por la súbita interrupción, lo increpó de forma insultante con la boca medio llena. Una reacción que el *Paracas* ni adivinó ni esperaba. Como coger el cuchillo con el que el cliente se estaba comiendo el bistec y clavárselo en el cuello. Fue, según los testigos, visto y no visto. Todo por un simple horóscopo. Seguro que el impaciente fiambre del restaurante habría leído cosas parecidas en la sala de espera de la barbería o del dentista.

El *Paracas* me contó que durante un tiempo vivirá en un piso de acogida intentando acomodarse a su nueva situación. La medicación y el seguimiento psicológico, unido a su verdadera voluntad de rehabilitación, le han allanado el camino. No totalmente *curado*, pero sí *apto* para poder reemprender un nuevo rumbo. Difícil pero posible. La última vez que nos vimos me dijo que hacía más de una década que ya no le interesaban las conjunciones astrales. Y cree que seguirán sin interesarle: lo que verdaderamente me importa —me confesó al estrecharme la mano— es la experiencia, el ahora, sencillamente.

Uno que se va y otro que entra. La rueda que gira y gira sin parar. Inmovilidad del cambio. Signos que danzan alrededor del vacío. Nada que permanece. Permanencia de la nada en cuya casa me cobijo, en cuyo río me sumerjo, a cuyo árbol me abrazo sin saber porqué.

No voy a hablar del nuevo recluso que ha ocupado la vacante del *Paracas*. No lo conozco. Si embargo, me gustaría decir algo sobre ese espacio vacío, esa pausa, ese momento de transición en que un lugar aparece como una especie de intermitencia entre la presencia y la ausencia. Reflejo de nuestra auténtica existencia. Incompatible con una cultura basada en una visión fuerte y compacta del hombre. Que pretende proyectar una imagen de solidez cuando el único fundamento es su inherente fragilidad. Como si el espacio de la celda nunca hubiese estado ocupado o, lo que es lo mismo pero en sentido contrario, nunca hubiera dejado de estarlo. Paradoja que nos define como hombres al intentar descifrar una realidad que se escabulle. Esa habitación ahora en penumbra, pero tan solo hace una hora, un día o una semana, iluminada y con una disposición de los objetos que reflejaba el misterio de una respiración y el carácter de su ocupante. Una densidad enigmática y apenas perceptible. Vacío acogedor de la presencia en su multiplicidad escurridiza, en su infinita imposibilidad de permanencia. Que al final nos tranquiliza con sus idas y venidas. Lo mismo en lo diferente, lo diferente en lo mismo. Signos de signos danzando alrededor de la nada. Río de espectros que oscilan entre la realidad y el sueño, cuya supervivencia depende en parte de nosotros.

Antes del *Paracas* la estancia había estado ocupada por otro famoso miembro de la institución: el *Almirante*. Aunque no lo conocí, los compañeros me relataron algún capítulo de su vida entre partida y partida de giley. Según ellos fue uno de los tipos más sonados que pasaron por aquí. Dos meses después de ponerlo en libertad tuvieron que encerrarlo definitivamente. Al parecer se volvió a trastocar y estuvo a punto de matar a otra persona.

El nombre de *Almirante* se debía tanto a su vestimenta —traje, corbata, gemelos y alfiler— un tanto excesiva para el cargo —encargado de tres fincas contiguas de la parte alta de la ciudad y conserje de una de ellas— como al hecho de que poseía un velero. Atracado en uno de los puertos deportivos de la ciudad, el *Almirante* pasaba la mayor parte de su tiempo libre a bordo del *Albatros*, bien realizando tareas de mantenimiento, bien navegando por nuestra costa. Antes de recalar aquí había trabajado de recepcionista en un hotel de Santa Cruz de la Palma, desde donde se vino con su propio barco. Encontró el trabajo de conserje gracias a los contactos y amistades adquiridos en la isla y, durante años, su vida fue transcurriendo en ordenada armonía: de la finca —donde disponía de una pequeña vivienda en los bajos— al barco y del barco a la finca. Una rutina muy parecida a la que vivió en La Palma. Además, el *Almirante* daba empaque al edificio con su porte y presencia —traje, corbata, gemelos y alfiler—, sus expresiones de antiguo diplomático y sus modales un tanto afectados. No era extraño encontrarlo por las diferentes plantas sin la americana pero con corbata, las mangas de la camisa —sin gemelos— dobladas hasta la mitad del brazo, recogiendo piso por piso la basura que después depositaría con exquisito estilo en los diferentes contenedores de la calle.

Aunque resultaba un tanto extravagante, la mayoría de los vecinos lo aceptaban en la medida que era un reflejo inconsciente de sus pretensiones y forma de entender el mundo. El *Almirante*, pues, acabó convirtiéndose en toda una institución;

algo que suele suceder con los conserjes de una dilatada trayectoria profesional en comunidades de vecinos. En su caso era del todo cierto debido a ese plus añadido de clase que emanaba de su uniforme, formas y modo de ser. Cuando los viernes a las seis de la tarde concluía su jornada laboral cerraba su garita y ponía rumbo al puerto donde el *Albatros* lo esperaba. El *Almirante* había alquilado un amarre que renovaba periódicamente y aprovechaba los fines de semana y festivos para pasarlos en su barco descansando, haciendo trabajos de mantenimiento o saliendo a alta mar. Rutinas y placeres que le proporcionaban un cierto equilibrio emocional y con los que contrarrestaba su monótona e histriónica vida laboral. Y así continuó hasta que uno de los áticos desocupados fue alquilado a una pareja de músicos profesionales franceses. La orquesta filarmónica de la ciudad los había contratado por un periodo de dos años. Berenice, su hija de diecisiete años, se negó en redondo a relacionarse con las amistades que le proponían sus padres, en parte por rebeldía y en parte como una venganza por haberla alejado de su país. Los desafiaba vistiéndose como una pequeña fulana y llegando a la hora que le daba la gana cuando tenían ensayo o concierto. El *Almirante*, que por edad podía ser su abuelo y que la consideraba una adolescente atolondrada y descarada, poco a poco, empezó a fijarse en ella e imaginar lo inimaginable. En las noches de insomnio fantaseaba si alguien como él tenía posibilidades de gustar a un ser tan inmaduro pero tan joven. Berenice, que no era tonta, enseguida reparó en los detalles, los cumplimientos, las excesivas amabilidades de un ser tan adulto como pomposo que se pasaba las horas detrás de un mostrador y no la perdía de vista cuando entraba en el ascensor o salía por la puerta a la calle. Otro caso, pensaba, de viejo patético que la piropeaba al pasar o se arrimaba en los transportes públicos. Sin embargo fue ella quien, a raíz de una violenta discusión con sus padres, empezó a flirtear con el conserje para sorpresa de este.

Ni en sus mejores sueños el *Almirante* podía haber previsto una reacción tan positiva de su *Lolita* particular. Un hecho que incrementaba su autoestima personal y alejaba por el momento los fantasmas de la soledad y la vejez. La perspectiva de seducirla —¿o era al revés?— y mantener con ella una relación tan inverosímil amplificaba su deseo atormentándolo cada día un poco más. Cuando a las puertas de un fin de semana los padres de la *criatura* se ausentaron y él mismo había descartado la posibilidad de acercarse hasta el barco debido al mal tiempo, la Bere, que era como él la llamaba, apareció en su garita con su minifalda y su corsé y la excusa de un corte de luz que la había dejado a oscuras en su casa. Acompañarla fue su perdición. Tan pronto cruzó el umbral de la puerta del apartamento, ella se tiró a su cuello como una mona y lo morreó y agarró del paquete con evidente desparpajo. Después de tanto soñar con ella, no le quedó más remedio que llevársela hasta el catre en volandas, quitarse el uniforme —americana, corbata y demás— y hacerle el amor. Naturalmente con el consentimiento de la Bere, que no era manca ni virgen, algo que no sorprendió demasiado al *Almirante* a tenor de su satisfacción cuando encendió el cigarrillo de rigor. Como un lujurioso regalo de senectud, los escarceos continuaron sucediéndose de forma intermitente previa comunicación manuscrita en el buzón del portero: *Esta noche, viernes, los P. están de concierto y llegarán tarde. Te espero.* La pequeña Bere sería un angelito alocado, pero de lo que no cabía duda —pensaba el *Almirante* mientras lo leía— era que había ido a un buen colegio de pago como atestiguaban los signos de puntuación. Signos de una cultura imaginada que actuaron como auténticos verdugos del conserje. Una persona de su talante y edad viviendo una relación casi incestuosa y, además, con el aliciente añadido de una buena educación como corroboraban las notas que le dejaba. ¿Qué más podía pedir? La guinda de una relación imposible que lo estrangularía lentamente. Primero fueron pequeños antojos: cenas, habitación en hoteles de lujo. Después caprichos un poco más caros en forma de ropa o joyas. Y cuando ya lo tenía bien cogido por los huevos, la estocada final del apartamento en propiedad al que se mudaría tan pronto acabara el curso. Una propiedad que el portero había adquirido hipotecándose hasta las cejas y avalando con lo único que, verdaderamente, tenía en este mundo, el *Albatros*, su velero.

Y así fue pasando el tiempo hasta que un viernes los padres de la Bere, como muchas otras veces, se ausentaron para participar en un concierto y la pareja, queriendo rememorar viejos tiempos, aprovechó para retozar como conejitos en la misma cama de matrimonio de sus progenitores. Y en eso estaban hasta que se abrió de golpe la puerta del ático para sorpresa de las dos parejas –el concierto se había cancelado por un problema técnico insalvable-; especialmente en el caso de los padres de la Bere que, primero, se quedaron estupefactos y no daban crédito a lo que veían, y después, entre gritos y lloros, insultaron y amenazaron al *Almirante* con llamar a la policía si no abandonaba el edificio.

Aunque ni el portero abandonó el edificio ni ellos llamaron a la policía, el efecto en cadena fue fulminante. Los padres de la Bere hablaron con los propietarios de la finca y estos le dieron tres días para que recogiera sus cosas y se buscara otro empleo. Con su edad y antecedentes –el mundo de las comunidades de vecinos es un pañuelo– el *Almirante* no pudo encontrar trabajo y, sin dinero suficiente para pagar el apartamento, acabó perdiéndolo al igual que el barco con el que había avalado la hipoteca.

Un día que la Bere salía de casa para ir a clase, el *Almirante* la cogió por sorpresa del cuello y la arrastró hasta una de las grandes columnas de mármol que, a lado y lado, jalonaban la entrada al vestíbulo. Cuanto más la iba ahogando, más fuerte golpeaba su cabeza contra la columna. No paró hasta que la sangre empezó a salir a borbotones y Berenice fue relajándose como un pequeño animal dormido y delicado. Momentos después los gritos, la policía, la ambulancia, las turbias noches de insomnio que, ahora sí, lo perseguirían hasta su muerte.

Hoy hace justo dos años que Agatha, nuestra persa tricolor, murió después de vivir con nosotros casi dieciocho años. Siendo más precisos, Norma y yo llamamos al veterinario para que le practicara la eutanasia. No pasa un solo día que no pensemos en ella. Yo mismo la introduje en la bolsa precintada para llevarla a incinerar. Me impresionó su suavidad y ligereza al cogerla ya sin vida. En oposición a la sensación de frialdad y pesadez de las personas fallecidas, la levedad de Agatha me produjo aún más dolor. Como si nunca hubiera existido y me faltara el aire en que ella se había convertido. Como si su no-peso obedeciera más a la imaginación que a la realidad de su álbum de fotos y su dilatada vida con nosotros. Porque Agatha era, además de un bellísimo animal, una presencia indómita, poderosa, serena. Aunque nos consideraba unos seres subsidiarios, a su manera, solo nos quería para ella. Ella y la casa —incluidos nosotros. La casa y ella. El resto no existía.

Sus *propietarios* querían donarla en adopción y para ello habían puesto un anuncio en una clínica veterinaria. La casualidad hizo que pasáramos por delante y nos fijáramos en él. Nos gustó su altivez siendo todavía un cachorro. Enseguida quedamos con los dueños —tenían una pequeña tienda y no podían hacerse cargo de ella— en pasar por su negocio y recogerla. Tenía la longitud de un cepillo de dientes y estaba dormida en el escaparate. Nos explicaron que en una primera adopción la habían confinado dentro de una bañera donde pasaba la mayor parte del día. Hasta que acabó finalmente por enroscarse dejando de comer y beber. Una reacción que a los majaderos les hizo desdecirse de la adopción y devolverla a sus anteriores propietarios. Fue salir de la bañera, volver al escaparate y, automáticamente, recobrar el apetito. Allí pasaba buena parte del día escrutando una calle atestada de personas, coches y motos. Hasta que entró en nuestras vidas y toleró nuestro orden. Pero no del todo. Nunca hizo sus necesidades en su caja con tierra. Era su pequeña venganza frente a la adopción, su protesta a ser tratada como un puro objeto de transacción. Agatha era una superviviente nata.

Aunque los dos sabíamos que era imposible, mucho tiempo después de morir la hemos visto pasar −como si levitara: la cola tiesa, su pelo terso y suave cayendo a lado y lado del cuerpo− hasta la galería donde acostumbraba a tumbarse en cualquier rincón que colmara su anhelo de paz y belleza. Desaparecer *en* lo que la rodeaba, acomodándose en la nada, entrando y saliendo de lo idéntico a lo múltiple y viceversa, era su forma instintiva de ser. Desde la distancia nos enseñó otra forma de vida, no por diferente menos verdadera. De una autenticidad básica. Respirar, tan solo respirar. Es sencillo y es todo. En el vacío habitar el vacío, parecía decirnos sin decir: seguidme. Pero no la podíamos acompañar. Era imposible. Como si nuestra manera de *sentir* las cosas implicara la imposibilidad de liberarnos, de establecer una comunicación plena con todo lo que nos rodea. Como si esa mirada *desde* arriba, acorazada en nuestros genes, fuera la culpable de nuestra incapacidad para poder *suspender* esta marcha hacia ninguna parte.

Cuando Agatha murió nuestro equilibrio se vino abajo. También el de la casa. Una grieta que desde hacía décadas atravesaba, de arriba a abajo, la caja de escalera del edificio acabó por entrar en casa y deslizarse desde la ventana al distribuidor. y de ahí a la cocina. Un poco después Norma, al salir de la ducha, se enredó el pie con la toalla de baño y cayó al suelo fracturándose la muñeca. Y yo, que siempre había dormido perfectamente, comencé a padecer insomnio, trastorno del que todavía no me he recuperado. Como si la casa también se resistiese a vivir sin ella. Como si su muerte anunciase que algo en nuestras vidas había empezado a resquebrajarse definitivamente.

De la biblioteca del centro he cogido el libro de Paul Auster, *Brooklyn Follies*, y me encuentro –página sesenta y siete de la edición de Anagrama (2008)– con el episodio –¿verdadero?– en el que se describe cierta conducta y posterior arrepentimiento del autor del *Tractatus*: «de todos los antiguos alumnos de Wittgenstein, ni uno solo estuvo dispuesto a perdonarlo. El dolor que había causado era demasiado profundo, y su odio hacia el maestro trascendía toda posibilidad de gracia».

La imposibilidad del perdón. Para mí, obviamente, pero también para algunas de las personas que se han cruzado en mi vida. El motivo, por ejemplo, de por qué he rehusado participar en esas celebraciones de antiguos ex-alumnos, o la razón de negarme a asistir a ciertos homenajes. Como el que se celebró hace unos años *en honor* a un viejo profesor ya jubilado. Don Poncio, que era como antiguamente debíamos dirigirnos a él, volvía a visitar el mismo centro donde había sido trasladado en los inicios de su carrera profesional, y donde *ejerció* durante más de veinte años.

Recuerdo con precisión su primer día de clase. La rabia contenida al escribir su nombre completo en la pizarra de forma enérgica y airada. Un adelanto de lo que sería su conducta en forma de golpes y sádicos tirones de orejas. Aunque el premio gordo se lo tenía reservado a Cunill, un pequeñajo inquieto y algo retardado, al que llamó a la tarima y sacudió tal bofetón y con tan mala suerte –Cunill se movió lo suficiente para que el golpe lo encajara a la altura de la nuca– que su cabeza chocó contra la pizarra y cayó al suelo entre convulsiones, en medio de un silencio y un pánico generalizado. Una imagen imborrable de Don Poncio que, incluso ahora, me provoca estupor y, a la vez, un sentimiento ardiente de venganza y odio. El *ejercicio* del miedo tiene estas paradojas. Todavía me pregunto por qué lo hacía. Si era una forma más de la brutalidad que imperaba en el país. Si era inquina hacia un territorio tan alejado del suyo y que nosotros, constantemente, le hacíamos recordar. Es triste que su *magisterio* se reduzca a esto. Yo tampoco lo perdono. No quiero perdonarlo. Éramos niños, quizás traviesos, pero totalmente indefensos frente a su violencia. Una violencia generalizada que se practicaba desde el estado, en las casas y las aulas. Y Don Poncio no movió una sola mano para desactivarla.

Martes, 2 de agosto de 2011

Ahora que estoy donde estoy creo que me puedo permitir ciertas licencias –aunque vaya en detrimento de mi estatus de interno– después de oír y leer por enésima vez las preocupantes noticias acerca de la situación económica y social. Su evolución empeora ante la sumisión y connivencia de nuestra clase dirigente, incapaz de formular un nuevo escenario político-económico que no esté en manos de verdaderas organizaciones mafiosas empeñadas en liquidar la llamada sociedad del bienestar. Con tal escenario, me digo, no sería del todo descabellado crear un nuevo cuerpo de élite civil que eliminara esas células tumorales que tanto sufrimiento están causando.

Obedecer. Estudiar el objetivo con paciencia y sin apego. Hacerlo desaparecer. Después dormir hasta nueva orden. Y así hasta el final, nuestro final.

Arropados por las diferentes castas, hay X con nombres y apellidos que campan con total impunidad. Hombres y mujeres que ambicionan la indignidad y la injusticia, y actúan en su nombre. En definitiva, que están involucrados y atrapados –aunque algunos no lo sepan– en la conspiración y estafa generalizada...

JUEVES, 4 DE AGOSTO DE 2011

X regresa a casa. El coche acaba de atravesar la verja que, automáticamente, vuelve a cerrarse. Todo ha sido registrado por las cámaras. La casa está blindada. Momentos después, coche y chófer reaparecen de nuevo perdiéndose entre las calles de una tranquila y selecta urbanización de la ciudad. Todo parece sutilmente rutinario. En la noche las sombras de los árboles tejen de irrealidad un espacio donde las casas parecen ser el único elemento sólido, tangible, ordenado. A primera vista no hay ninguna que destaque excepto la suya por la evidencia de cámaras a ambos lados de la puerta de acceso. Como cada día laborable, al entrar en casa ha dejado la cartera y las llaves encima de uno de los muebles del recibidor y la americana colgada en una percha. Después de un día vibrante, el olor reconocible y una temperatura agradable es un paréntesis necesario, una pequeña metamorfosis que lo arrastrará hasta el día siguiente. Para llegar a esta especie de *reset* parcial, X ha tenido que concentrarse y luchar durante años. No todos lo consiguen, al menos, no todos los de su estatus financiero. La asistenta le ha dejado la cena preparada. Puré de calabaza, rape rebozado, ensalada de canónigos, nueces y membrillo, y una manzana. Desde que hace años se divorció vive solo, y ese silencio de la estancia reconocible y vacía —la casa de siempre, la de cuando se casó, crecieron sus hijos y después la abandonaron— le gusta. La cara amable del infierno —como ha confesado a algún colega—, piensa mientras se sirve una copa. Sentado en el sofá con el cuello de la camisa desabrochado, esa expresión relajada en el rostro y la cena esperándole en la cocina, nadie diría que el de hoy ha sido un día complicado, de mucha adrenalina y nervios en la oficina. No todos estaban enterados de la operación de acoso y derribo a determinados valores con calculadas ventas masivas y, una vez devaluados a causa del pánico, volverlos a comprar a precio de saldo.

Cuando se hace contra una compañía es, en términos lucrativos, poco *ético*; pero cuando el destinatario es un país corres el riesgo de hundirte en el mismo barco. Y X había llegado a ese punto de levitación enajenada donde flotaba por encima del bien y el mal. Así que no es de extrañar que la reciente B. L. F. –Brigada de Limpieza Financiera, que era como se autodenominaban con una pizca de guasa– le hubiera echado el ojo. Primero, haciéndole un rastreo a través de la prensa económica y, después, ordenando un seguimiento más personalizado en forma de pesquisas entre sus empleados o, directamente, siguiéndole discretamente al salir del trabajo. Vigilado de forma muy parecida a como controlaba la política financiera de su empresa, X estaba en el punto de mira de un grupúsculo con poca experiencia y muchos bemoles que se había propuesto pasar a la acción traspasando la línea roja de lo *políticamente correcto*. Una decisión tomada meses atrás cuando Telma, Teresa y Txell –las tres T, como eran conocidas por sus amigos– decidieron llevar su ética de la responsabilidad un paso más allá de lo que sus carreras profesionales y su repulsa social les aconsejaba. La historiadora, la médica y la economista se la habían jugado desde el instante que aceptaron el compromiso y eligieron su primer objetivo: X. No fue difícil obtener información. Conocer sus movimientos y estudiarlos con el fin de concretar el día de la acción. La noche en que X –la asistenta, como siempre, le ha dejado la cena preparada– está solo en casa y come tranquilamente. La tele no demasiado alta, como de fondo. Disfrutando del delicioso susurro de un espacio protegido. Sintiendo que ya no hay necesidad de interpretar o fingir el rol que nos tenemos asignados. Casi en penumbra, excepto por los reflejos y destellos del televisor, su figura intermitente va adquiriendo –contrariamente a lo que piensa– cierta levedad espectral. Fuera, oculta por una densa capa de mugre, la luna escapa a la mirada del grupo que, desde hace un rato, ha visto llegar a su objetivo. Protegidos por las sombras permanecen en el interior del coche, estacionado en uno de los cruces que, después, los devolverá a la ciudad. Desde el robo del vehículo, unas horas antes, ya están verdaderamente comprometidas y no hay marcha atrás. No les importa. Alguien tenía que ser el primero dada la corrupción y sumisión generalizada. En silencio repasan los pasos a seguir. Es la hora. Txell y Teresa salen del vehículo. Telma esperará a que las cámaras y alarmas estén desactivadas para llevar el coche hasta la entrada. Saben que hay un punto muerto desde el cual acceden al otro lado de la verja. Una vez dentro inhiben las señales que podrían descubrirlas. Saben que a X le gustan las habitaciones bien ventiladas y, por fortuna hoy también, una de las ventanas del comedor que da al jardín está abierta. No es la primera vez que están ahí observando en silencio, midiendo milímetro a milímetro sus movimientos en la casa. Así que cuando penetran en ella conocen de antemano dónde lo encontrarán y qué estará haciendo. Cuando pasan del comedor a la cocina donde X está cenando ya se han puesto las máscaras de Bush y Putin, y Telma ya las espera con el motor en marcha. Cuando se conocieron en la facultad nunca hubieran imaginado que llegaría un día en que pasado y futuro convergerían dando paso a un salto en el vacío, un presente sin salida. Comprometidas hasta el final en esta hermandad acorazada ya solo esperan hacer bien su trabajo. Incomprensiblemente para el resto lo han abandonado todo por una causa que muy pocos aprueban y comprenden. Como X, que por un momento duda al verlas irrumpir en la habitación si se trata de algo real, o todavía se encuentra en el sofá con los ojos cerrados y la tele de fondo. Pero que dura poco. Como si lo estuviera esperando desde hace tiempo. Como si fuera consciente de que algo así podía suceder intuye que, también para él, ya no hay marcha atrás. Que ha sido su mismo poder el que, por efecto de la realidad paradójica, lo tiene entre las cuerdas. Al ver las caretas y el arma apuntándole directamente al pecho duda si levantarse o continuar sentado con los brazos sobre la mesa. Lo de las caretas lo intriga, así como la impresión de que son dos mujeres las que tiene delante. Pero es solo un momento. Como la sonrisa que esbozará cuando el disparo lo tumbe de bruces contra el plato y los cubiertos. Todo ha sido tan rápido como los flashes del anuncio que se reflejan en las paredes del comedor. En el tiempo que dura otro anuncio han abandonado la casa y entrado en el coche que las espera. Sin decir una sola palabra se miran tan aliviadas como tristes mientras encaran rumbo al centro. Por su silencio se diría que hay algo en lo que acaba de suceder, algún tipo de experiencia, que no habían previsto. En medio del tráfico, de regreso hacia una de las calles donde abandonarán el vehículo, un extraño vacío se va apoderando de ellas. Les gustaría hablar, reafirmarse en esa acción necesaria que han llevado a cabo. Cuando a medianoche aparcan el coche en el extremo de una calle donde las farolas no funcionan, nadie hace acto de presencia. Salen del vehículo y se abrazan. Las tres juntas. No lloran pero sus ojos brillantes dicen la verdad de lo que no dicen. Intentarán vivir como hasta ahora pero sin verse ni comunicarse. Quizás durante un tiempo…

Todavía no me explico cómo ha ido a parar a la biblioteca del centro el libro de Francisco Valera, *El fenómeno de la vida*, de idéntico título al de Hans Jonas; dos libros que tratan el tema de la experiencia de forma muy similar. Como confiesa Francisco Valera a Cristian Warnken en una entrevista memorable: el fenómeno, la experiencia de las cosas en toda su gloria y majestad. En qué consiste ese suceder que a mí me sucede y quién lo administra. ¿Existe un centro privilegiado, una identidad fuerte desde la cual accedo? ¿O más bien es como una especie de emergencia no lineal? Aquello a lo que no se puede poner el dedo, que diría el Dalai Lama. Que está y no está a la vez y confundimos aliviados con el que se nos muestra en el espejo. Que es tan inapelable y práctico en nuestra vida cotidiana, pero que no se deja atrapar cuando lo examinamos a fondo. Quizás porque lo tenemos tan pegado, tan cerca que hemos olvidado verlo con los ojos de la paciencia, la curiosidad y el amor. El yo y nuestros fantasmas. Esas formas de supervivencia que toman cuerpo y que, a la vez, nos confieren una cierta apariencia espectral. Hay libros que desplazan el eje de abscisas y ordenadas. El de Valera es uno de ellos. Recuerdo un vídeo donde aparecía con la cabeza afeitada, una túnica naranja muy elegante y un gato atravesando el pasillo. Sonreía. La sonrisa de alguien que está un paso más allá, pero tan cerca que es imposible tocarlo. Y acababa con las siguientes palabras: *la muerte es un espejo*. ¿Cómo interpretarlas? Sí, la muerte es un espejo. Una dimensión en la que mi participación es equívoca, en cuyo reflejo hay algo misterioso que escapa a mi control. Como un no lugar, una imposibilidad de las posibilidades, el cierre de unas determinadas coordenadas en la infinita exuberancia, la continua sucesión de estratos y máscaras de la vida.

Sí, el doctor Valera me ha desenganchado de ciertos tipos de convicciones cuestionando la mirada sobre aquello que *nos pasa*. Desde que ingresé aquí la poesía me ha estado vedada. Nada. Tan solo estos cuadernos de impresiones sobre mi estancia y algunos personajes que afloran en la memoria. Como dice el Poeta Ben Dito, paciencia y a hilar el cigarrito. *El fenómeno de la vida*, pues, es un texto sabio; una lectura terapéutica, un volumen que tendría que ser obligatorio en todas las facultades de ciencias o de letras. Al final del libro hay una entrevista. Alguna de sus respuestas son para enmarcar: «Para mí la vida espiritual es mantener apasionadamente presente esta pregunta: Por qué no estoy en casa y qué tengo que hacer, no a quien tengo que creer o qué repeticiones tengo que hacer, sino cómo me doy los instrumentos para transformar mi ignorancia, para poder entender qué es lo que me separa de algo». Sí, es precisamente eso. Algo formulado de forma tan sencilla y radical ha estado presente en todo lo que he escrito. Y que escribiré. Pues con su lectura ha vuelto el hormigueo. Como mínimo cuento con media docena de poemas cuyo tema es, directamente, esta misma fractura. Algo que va más allá de la incomunicación en términos sociológicos o filosóficos. Pensando en su significado empiezan las cosquillas en la nariz y los deditos de los pies… Como un escalofrío que, lentamente, se acaba transformando en una especie de música de fondo. Y detrás esto:

Lo que me separa de las cosas
es yo mismo. Esta corriente interna
que me observa con total desconfianza.
Como si fuera un huésped enojado.
Siempre alerta. Llenando su vacío
con palabras extrañas que intentan
contenerme. Dar sentido. Alejarme
de una casa donde acaba el horizonte.

Ayer, en la sala donde está la televisión, pude ver algunas escenas de la película *El graduado*, y me acordé de cuando la estrenaron hace más de cuarenta años. La pérdida de la inocencia, la banda sonora de Simon and Garfunkel, Dustin Hoffmann persiguiendo como un loco a Elaine, la excesiva y melodramática escena final. Pero, sobre todo, me hizo pensar en Xavi. En cuánto se parecían Benjamin y Xavi, incluso físicamente. Al contrario de otras muertes que impactan y van desapareciendo a medida que el dolor se atenúa, o bien se olvidan demasiado rápidamente, la de Xavi ha sido una presencia constante en mi vida. ¿Por qué? Quizás tiene que ver con este modo de supervivencia no lineal en que se acaba convirtiendo nuestra vida. Una vida de rastros y huellas de los que están y no están, de los que no estarán y están *ahora*.

No muy alto, de piel tostada y cuerpo proporcionado, complexión atlética —recordaba a los practicantes de gimnasia deportiva—, transmitía una educación y formalidad un tanto marcial. Cuando lo conocí —ambos muy jóvenes— quería estudiar en la Academia Militar. Algo inconcebible para mí, pero en su caso la posibilidad de cierta ruptura familiar y el inicio de una nueva aventura. Su manera de vestir —camisa, pantalón, botas, corte de pelo—, la seguridad con que transmitía sus ideas y una audacia por encima de lo normal —sin aspavientos ni chulería— casaban bien con una *vocación* que sus padres no acababan de aprobar —mejor unos estudios convencionales en la universidad—, y que la tiranía sentimental y sexual de la juventud acabó por disipar no sé muy bien en qué porcentaje de frustración y derrota.

Pero entretanto éramos felices en esos tórridos veranos de piscina y bicicleta; de charlas por la noche entre los que formábamos la pandilla, un grupo un tanto inconexo a decir por los elementos que la integraban: el Inglés, el Riqui, el Cabrero y nosotros dos. Pero, sobre todo, el verano de la Fuente del Paraguas en la falda del monte. Sus preciosas pozas rodeadas de pinos y cañas donde el sonido del agua y de los pájaros se mezclaba con el olor de resina dando lugar a un ambiente tan caluroso y fresco como embriagador. Nunca fuimos verdaderamente conscientes de la belleza de este entorno. O quizá sí. De forma instintiva, como los animales. Por eso volvíamos y volvíamos. Cuando pienso en su esencia, lo que ha significado para mí, veo a Xavi. Sus saltos suicidas −a cuatro o cinco metros del agua y con apenas medio de profundidad− desde algún saliente o piedra en la montaña. Xavi volando como un pájaro bellísimo y feliz que, a medida que caía, parecía despedirse de nosotros rumbo a otra realidad. Siempre lo recuerdo rodeado de cierta aura de ingravidez, como flotando en el espacio y en el tiempo, mirándome desde otra dimensión, un mundo paralelo y misterioso que ha sabido capturar y proteger su hermosura y plenitud. Pero Xavi, como tantas otras veces, también acabó por zambullirse en el agua sin mayores problemas. Y se secó al sol encima de las piedras. Y regresó con nosotros a casa.

Después del verano empezó unos estudios que no le interesaban −al final, como siempre, la familia se salió con la suya−, y al poco tiempo se enamoró de una mujer mucho mayor que él. Y se fueron a vivir juntos. Un escándalo para sus padres y la causa de que dejara los estudios y se pusiera a trabajar. Un trabajo que debió interrumpir para servir a la patria por las mismas fechas en que, paralelamente, esperaba un hijo. Sí, padre antes de los veinte. El servicio militar, de forma paradójica, lo desestabilizó. Apartarlo en esa época tan decisiva de su vida de lo que estaba experimentando como una verdadera pasión lo cambió. Cuando al fin regresó era otro Xavi. Por primera vez desde que lo conocía asomaban en su actitud signos de debilidad y abatimiento. Algo alarmante en un temperamento como el suyo y que no presagiaba nada bueno. Era como si hubiera perdido esa serenidad altiva, y las aristas del miedo y sus fantasmas empezasen a aflorar en su comportamiento. Por ejemplo, conducir rápidamente como en la película de Dustin Hoffman. Conducir deprisa para huir, olvidar o, sencillamente, para no llegar a ningún sitio. Y eso es lo que sucedió un día al salir del trabajo. En una curva que nunca acabó de trazar. Para quienes le profesamos un auténtico cariño su ausencia continúa siendo una amputación invisible y la prueba de nuestro desamparo. Desde entonces, muchas veces, lo veo volar a través del aire comprimido del verano. Volar y detenerse un momento antes de sumergirse en el agua. Mirándome con esos ojos profundos, la cara ligeramente redondeada y esa sonrisa de quien ya no tiene miedo. Levantando la mano e invitándome a entrar a ese otro interregno donde la belleza aún es posible.

Martes, 16 de agosto de 2011

Hoy he recibido una llamada de Guacoldo, mi abogado. Me ha dicho que el juicio, por fin, se celebrará dentro de dos semanas. La próxima me visitará para –textual– *tenerme al corriente y repasar los pormenores del caso*. Viniendo de Guacoldo el eufemismo resulta claro. Viene para que diseñemos la estrategia de la defensa. Y pienso ¿Es necesario? ¿Está justificado? ¿Puede alguien defenderme? Alguien empuja al vacío a otro ser sin motivo aparente y, en un segundo, cercena y secuestra una serie de vidas. La indagación, la rabia, el furor: nada lo justifica. Y sigo viviendo. Seguramente Guacoldo basará su estrategia en la concurrencia de circunstancias *eximentes*, en la necesidad de explicar una serie de hechos en base a una *anormalidad* en el comportamiento, en una mente trastornada que era incapaz de saber realmente el sentido y efecto de sus acciones. Pero ambos sabemos que todo esto es otro eufemismo. Que el culpable y el que imparte justicia soy yo mismo. Con esta cabeza y estas manos que sabían perfectamente lo que querían hacer. Hacer desaparecer a alguien que hacía trampas. Y eso, inevitablemente, condujo al desenlace. Al acto final donde los farsantes son desenmascarados. Porque, seamos sinceros, nos gustan los tramposos. Y nos gustan porque en el fondo vemos reflejados en ellos nuestras auténticas aspiraciones. Solo que no nos atrevemos. O no del todo. Por eso elegimos aquellos engaños en los que el límite por traspasar lo legal no supone un coste excesivo. Desde que la palabra no vale un pimiento, el dar gato por liebre nos priva. Por no hablar del eufemismo generalizado que, como una moda esotérica, va impregnando nuestras vidas de una fina película aislante. No decir al pan, pan, y al vino, vino. La palabra dejando de ser una prolongación de nosotros para convertirse, de facto, en una técnica de ocultación generalizada, en vehículo de manipulación aceptado, un velo al servicio de una máscara cuyo patetismo haría enrojecer al extraterrestre más descarado. Sí, hasta este extremo hemos llegado. Al final tendrá razón mi padre cuando dice que la verdad solo tiene un camino y que en nuestra *mano* está escoger la distancia más corta para llegar hasta ella. Una idea que en su día estimé retrógrada y peregrina, y ahora me parece pragmática y valiente.

Este creo que es mi *caso*. Y cargaré con las consecuencias.

Martes, 6 de septiembre de 2011

Ayer se celebró el juicio y, como cabía esperar, Guacoldo ha sabido jugar sus bazas para que la condena, quizás, no sea demasiado severa. Yo le he allanado el camino. Su estrategia fue llevar lo sucedido al terreno del trastorno y la incapacidad para delimitar lo legalmente punible. ¿Y lo moralmente reprobable? Como si importara algo excepto esas décimas de segundo antes de aplastarse los sesos contra el suelo. O esos momentos de alucinación entre los miembros de su familia que al despertarse dudan si lo ocurrido es real, o forma parte de un sueño con forma de pesadilla. En las dos casos estoy unido a ellos por una especie de vínculo secreto que va más allá de la culpa. Con nuestras leyes –de la justicia, de la ética, de la física– no lo podemos ver ni entender, pero existe. Como si fuera un hilo invisible que me une a cada uno de los acontecimientos de un mundo que soy en su totalidad y, a la vez, al que renuncio cada vez que emerjo en forma de identidad separada del resto. Como si no existiese y, al mismo tiempo, en *lo otro* y en *el otro* residiera el secreto que durante tanto tiempo me he negado a ver.

Y, sinceramente, no sé si tendré fuerzas para llegar hasta el final dejando que me *tutelen*. Sabiendo, como sé, que no tengo escapatoria. Que, en realidad, lo que me gustaría, precisamente ahora, es escapar a la luz. Flotar en el aire sereno de la tarde ya sin cuerpo, sin posibilidad de luchar; todo suavidad y amparo, totalmente en paz...

Catálogo Bokeh

Abreu, Juan (2017): *El pájaro*. Leiden: Bokeh.

Aguilera, Carlos A. (2016): *Asia Menor*. Leiden: Bokeh.

— (2017): *Teoría del alma china*. Leiden: Bokeh.

Aguilera, Carlos A. & Morejón Arnaiz, Idalia (eds.) (2017): *Escenas del yo flotante. Cuba: escrituras autobiográficas*. Leiden: Bokeh.

Alabau, Magali (2017): *Ir y venir. Poesía reunida 1986-2016*. Leiden: Bokeh.

Alcides, Rafael (2016): *Nadie*. Leiden: Bokeh.

Andrade, Orlando (2015): *La diáspora (2984)*. Leiden: Bokeh.

Armand, Octavio (2016): *Concierto para delinquir*. Leiden: Bokeh.

— (2016): *Horizontes de juguete*. Leiden: Bokeh.

— (2016): *origami*. Leiden: Bokeh.

— (2018): *El lugar de la mancha*. Leiden: Bokeh.

— (2018): *Superficies*. Leiden: Bokeh.

Aroche, Rito Ramón (2016): *Límites de alcanía*. Leiden: Bokeh.

Blanco, María Elena (2016): *Botín. Antología personal 1986-2016*. Leiden: Bokeh.

Caballero, Atilio (2016): *Rosso lombardo*. Leiden: Bokeh.

— (2018): *Luz de gas*. Leiden: Bokeh.

Calderón, Damaris (2017): *Entresijo*. Leiden: Bokeh.

Castaños, Diana (2019): *Yo sé por qué bala la oveja mansa*. Leiden: Bokeh

Columbié, Ena (2019): *Piedra*. Leiden: Bokeh.

Conte, Rafael & Capmany, José M. (2018): *Guerra de razas. Negros contra blancos en Cuba*. Leiden: Bokeh, colección Mal de archivo.

Díaz de Villegas, Néstor (2015): *Buscar la lengua. Poesía reunida 1975-2015*. Leiden: Bokeh.

— (2015): *Cubano, demasiado cubano. Escritos de transvaloración cultural*. Leiden: Bokeh.

— (2017): *Sabbat Gigante. Libro primero: Hojas de Rábano*. Leiden: Bokeh.

— (2018): *Sabbat Gigante. Libro segundo: Saigón*. Leiden: Bokeh.

— (2018): *Sabbat Gigante. Libro Tercero: Rumpite Libro*. Leiden: Bokeh.

Díaz Mantilla, Daniel (2016): *El salvaje placer de explorar*. Leiden: Bokeh.

Fernández Fe, Gerardo (2015): *La falacia*. Leiden: Bokeh.

— (2015): *Notas al total*. Leiden: Bokeh.

Fernández Larrea, Abel (2015): *Buenos días, Sarajevo*. Leiden: Bokeh.

— (2015): *El fin de la inocencia*. Leiden: Bokeh.

Ferrer, Jorge (2016): *Minimal Bildung. Veintinueve escenas para una novela sobre la inercia y el olvido*. Leiden: Bokeh.

Gala, Marcial (2017): *Un extraño pájaro de ala azul*. Leiden: Bokeh.

Garbatzky, Irina (2016): *Casa en el agua*. Leiden: Bokeh.

García, Gelsys (2016): *La Revolución y sus perros*. Leiden: Bokeh.

García, Gelsys (ed.) (2017): *Anuncia Freud a María. Cartografía bíblica del teatro cubano*. Leiden: Bokeh.

García Obregón, Omar (2018): *Fronteras: ¿el azar infinito?* Leiden: Bokeh.

Garrandés, Alberto (2015): *Las nubes en el agua*. Leiden: Bokeh.

Gutiérrez Coto, Amauri (2017): *A las puertas de Esmirna*. Leiden: Bokeh.

Gómez Castellano, Irene (2015): *Natación*. Leiden: Bokeh.

Harding Davis, Richard (2019): *Notes of a War Correspondent*. Leiden: Bokeh, colección Mal de archivo.

Hernández Busto, Ernesto (2016): *La sombra en el espejo. Versiones japonesas*. Leiden: Bokeh.

— (2016): *Muda*. Leiden: Bokeh.

— (2017): *Inventario de saldos. Ensayos cubanos*. Leiden: Bokeh.

Hondal, Ramón (2019): *Scratch*. Leiden: Bokeh.

Hurtado, Orestes (2016): *El placer y el sereno*. Leiden: Bokeh.

Jesús, Pedro de (2017): *La vida apenas*. Leiden: Bokeh.

Kozer, José (2015): *Bajo este cien*. Leiden: Bokeh.

— (2015): *Principio de realidad*. Leiden: Bokeh.

Lage, Jorge Enrique (2015): *Vultureffect*. Leiden: Bokeh.

Lamar Schweyer, Alberto (2018): *Ensayos sobre poética y política. Edición y prólogo de Gerardo Muñoz*. Leiden: Bokeh, colección Mal de archivo.

Lukić, Neva (2018): *Endless Endings*. Leiden: Bokeh.

Marqués de Armas, Pedro (2015): *Óbitos*. Leiden: Bokeh.

Miranda, Michael H. (2017): *Asilo en Brazos Valley*. Leiden: Bokeh.

Morales, Osdany (2015): *El pasado es un pueblo solitario*. Leiden: Bokeh.

Morejón Arnaiz, Idalia (2018): *Una artista del hombre*. Leiden: Bokeh.

Méndez Alpízar, L. Santiago (2016): *Punto negro*. Leiden: Bokeh.

Padilla, Damián (2016): *Phana*. Leiden: Bokeh.

Pereira, Manuel (2015): *Insolación*. Leiden: Bokeh.

Ponte, Antonio José (2017): *Cuentos de todas partes del Imperio*. Leiden: Bokeh.

— (2018): *Contrabando de sombras*. Leiden: Bokeh.

Portela, Ena Lucía (2016): *El pájaro: pincel y tinta china*. Leiden: Bokeh.

— (2016): *La sombra del caminante*. Leiden: Bokeh.

Pérez Cino, Waldo (2015): *Aledaños de partida*. Leiden: Bokeh.

— (2015): *El amolador*. Leiden: Bokeh.

— (2015): *La isla y la tribu*. Leiden: Bokeh.

— (2018): *El puente sobre el río cuál*. Leiden: Bokeh.

Quintero Herencia, Juan Carlos (2016): *El cuerpo del milagro*. Leiden: Bokeh.

Rodríguez, Reina María (2016): *El piano*. Leiden: Bokeh.

— (2018): *Poemas de navidad*. Leiden: Bokeh.

Rodríguez Iglesias, Legna (2015): *Hilo + Hilo*. Leiden: Bokeh.

— (2015): *Las analfabetas*. Leiden: Bokeh.

Saunders, Rogelio (2016): *Crónica del decimotercero*. Leiden: Bokeh.

Starke, Úrsula (2016): *Prótesis. Escrituras 2007-2015*. Leiden: Bokeh.

Sánchez Mejías, Rolando (2016): *Mecánica celeste. Cálculo de lindes 1986-2015*. Leiden: Bokeh.

Timmer, Nanne (2018): *Logopedia*. Leiden: Bokeh.

Valdés Zamora, Armando (2017): *La siesta de los dioses*. Leiden: Bokeh.

Vega Serova, Anna Lidia (2018): *Anima fatua*. Leiden: Bokeh.

Villaverde, Fernando (2016): *La irresistible caída del muro de Berlín*. Leiden: Bokeh.

— (2016): *Los labios pintados de Diderot*. Leiden: Bokeh.

— (2018): *Todo empezó en detritus*. Leiden: Bokeh.

Winter, Enrique (2016): *Lengua de señas*. Leiden: Bokeh.

Wittner, Laura (2016): *Jueves, noche. Antología personal 1996-2016*. Leiden: Bokeh.

Zequeira, Rafael (2017): *El winchester de Durero*. Leiden: Bokeh.

www.ingramcontent.com/pod-product-compliance
Lightning Source LLC
Chambersburg PA
CBHW020405030726
47496CB00007B/2310